搗蛋鬼日記（上）

小頑童加尼諾的倒楣故事

近一百年來最有趣的搗蛋傑作！

再版一百二十餘次！被譯成三十九種語言，暢銷全球。
一本絕對令你捧腹大笑的日記。
一次每個大人和孩子都不能錯過的快樂閱讀。
每個人都可以從本書中找回童年所有的快樂和委屈。

（義）萬巴 著
思閔 譯

快樂在「倒楣」邊緣——

一個男孩的搗蛋童年

蕭毛

有的書，大人才讀得懂；有的書，只有小孩子才喜歡讀。但是，還有一種書，卻是很多大人與小孩子都喜歡讀的。

《搗蛋鬼日記》正是這樣的一本書。

既然這是一本很多大人與小孩子都喜歡讀的書，我就不能只說一些大人才願意聽的話。爲了公平起見：我決定把序言分成兩部分，序號爲「1、2、3」的部分，是專爲小孩子們寫的；序號爲「一、二、三」的部分，是專爲大人寫的，請你們各取所需吧！

1. 故事從九歲開始

《搗蛋鬼日記》只是一本「簡單」的書，書中的主角「加尼諾」就像我們班裡的一個機靈的淘氣鬼一樣，那麼熟悉和親切，沒有任何距離。讀完第一段，你就可以明白這一點。

「好了，我已經把今天的日曆畫到我的日記本上了。今天是義大利軍隊進入羅馬的日子，也是我的生日。我把這兩句話寫在日曆上了，目的是讓那些來我家的朋友別忘記送禮物給我。」

那天，加尼諾收到了一大堆生日禮物。不過，他最喜歡的還是媽媽送的那一本漂亮的日記本。加尼諾開心了一會兒，卻煩惱起來，因爲他只寫出半頁，不知怎樣才能將它「塡滿」。想了半天，聰明的加尼諾想：「抄一段阿達姊姊的日記不是蠻好地嗎？」

於是，他從姊姊的日記中把這些話抄了下來：

「唉！要是那個小老頭再也不來我家就好了！可是今晚他又來了……我永

遠也不會喜歡他……」

晚上，那個「小老頭」真的來了。看到加尼諾手裡的日記，他好奇地大聲念起來。起初，大家都大笑不止；念到加尼諾抄來的日記時，卻再也沒有人能笑出來了……最後，「小老頭」氣呼呼地走了；加尼諾的姊姊阿達哭了：全家人都責罵加尼諾，怪他把姊姊的男朋友氣跑了。

臨睡前，加尼諾在日記裡發誓，以後再也不抄別人的日記，只寫自己的事。在隨後的半年裡，加尼諾在他的日記裡記下了許多歡樂和傷心的事——儘管他只是一個九歲的男孩。於是，就有了這本書裡一系列關於加尼諾的精彩故事。

2. 搗蛋記趣

先講一個加尼諾想讓姑媽開心的故事。

加尼諾發現，姑媽很愛窗台上的那盆龍膽草，常和它聊天，希望它能早點長高。那天早上，加尼諾特意起得比姑媽還早。然後，他掏空花盆，把龍膽草綁到一根小木條上，讓木條的尖端從花盆滲水孔中穿出，再將泥土填滿，把花盆放回原處。接著，他蹲到窗外，握著小木條的一頭等候……

後來的事，請加尼諾自己來講：

五分鐘都不到，貝蒂娜姑媽就打開了窗子，開始與龍膽草聊起天來了。

「哦！親愛的，你好嗎？哦，可憐的，……你有一片葉子斷了……」

我躲在窗台底下，一動也不動，而且不能笑出一點聲來。

「你等一會兒，等一會兒，」姑媽接著說，「我去拿把剪刀……」

當她去拿剪刀時，我把小木條往上捅了一點。

「來了，親愛的！……」貝蒂娜姑媽回到了窗台邊。

突然，姑媽的嗓子變了聲，她叫了起來：「你知道我要對你說什麼嗎？你長高了耶！」

就這樣，爲了讓姑媽能「開心到底」，她每離開一次，加尼諾就把小木條往上捅幾下；驚喜過度的姑媽，後來嚇得只顧喊「啊」，直到花盆被加尼諾捅

翻，才恍然大悟，起身去拿棍子……

3. 快樂在「倒楣」邊緣

加尼諾的故事可眞多——你能想到嗎？他還曾將豬裝扮成鱷魚、把小孩子吊到樹上當猴子、在同學的椅子上抹黏鞋膠……這些事雖然帶給他快樂，但也爲他帶來了委屈……細節只好請你自己去讀了。

很久都沒有這樣笑過了——讀完《搗蛋鬼日記》後，我才意識到這一點。同時，心裡還有點慚愧，因爲，我的歡樂竟然多半都建立在加尼諾的「倒楣」之上。

書中，除「搗蛋」外，出現頻率最高的詞就是「倒楣」。我粗略地算了一下，「倒楣」一詞共在日記裡出現了三十餘次，如：

「我眞是生來就倒楣！」（九月二十一日）

「這次倒楣的旅行，弄得我渾身上下都是煤灰。」（十月十七日）

「唉，我的日記，我是多麼地倒楣！」（十月三十一日）

而且倒楣的事也是接踵而來，就像櫻桃一樣都連在一起，所不同的是，櫻桃受到人們的歡迎。依我說，倒楣的事最好一件一件來，否則我可受不了。（十二月五日）

至於近似的詞，更是難以枚舉，簡直讓人對書名產生了懷疑：是不是該叫做「倒楣蛋日記」呢？

當然不是，如果沒有不懈地「搗蛋」，「倒楣」又怎會「像櫻桃一樣都連在一起」？這就像我過去的老師常說的那樣：「你們千萬別忘了！腳上的泡，都是你們自己走來的！」

學習了辯證法之後，我才明白，「腳上的泡」，只是事情的一面，雖然不一定好，卻也未必不好，因爲「腳上沒泡」的人，一定是沒有走過遠路。沒走過遠路，又怎能見到好風景、遇到新奇的趣事、讓自己見識更廣？想不到，加尼諾年紀雖小，卻早早地懂得了這個道理，所以，他才要在「倒楣」的邊緣執著地尋求「搗蛋」的快樂。爲此，棍棒不能屈，錢財不能移……

……

哦，眞該給這個孩子頒發一枚榮譽獎章！

4. 童年的秘密

唉，我是多麼地羨慕你——不管你是小學生還是中學生，因爲你在童年時就能讀到像《搗蛋鬼日記》這麼有趣的書——而我，初次讀它的時候就已是難得有閒的大人了。

現在，我想提幾個問題，你願意回答嗎？

1. 在你過九歲生日的時候，父母送了你什麼樣的生日禮物？其中，也有漂亮的日記本嗎？

2. 你也願意像加尼諾一樣，把童年的快樂與委屈都留在日記裡嗎？

3. 多年以後，你將怎樣開啓你童年的秘密？

在你思考答案的時候，我卻要暫時跟你說再見了，因爲我還需要向大人們講加尼諾的故事。

「再見」總是一件很遺憾的事，因爲我們才剛剛認識。不過，下次再會時，要是你已經長大，變得我認不出來了，該怎麼辦？沒關係，將來再見的時候，只要你說出加尼諾的名字，我就能認出你，因爲我們都是加尼諾的朋友，有著一樣的快樂和委屈，有著共同的秘密……

* * *

（一）一本集「搗蛋」之大成的童書

提到義大利的日記兒童小說，我們首先想到的往往是亞米契斯著的《愛的教育》，因爲它是一本深受世界各國的兒童和大人喜愛的名著。可是，在一九二〇年，義大利又出現了一本與《愛的教育》體裁相同，風格迥異，內容更爲輕鬆，最後卻殊途同歸的日記體兒童小說——《搗蛋鬼日記》。

該書的作者是義大利著名的兒童文學作家和詩人，露易基·貝台利（一八五八—一九二〇），筆名萬巴，作品眾多，《搗蛋鬼日記》是其中最著名的

一本。

一九○六年，萬巴爲孩子們創辦了一份報紙，不久，開始在該報發表《搗蛋鬼日記》。這部小說以日記的形式，講述了九歲男孩加尼諾在半年裡闖下的一系列禍事，及其所受的委屈，因其內容輕鬆活潑、語言靈動幽默，深受廣大家長和孩子的歡迎，還曾被拍成電視劇和電影。「搗蛋鬼」加尼諾很快便成爲義大利家喻戶曉的人物，如同《木偶奇遇記》中的皮諾丘。從一九二○年至今，該書在義大利本國已再版一百二十餘次，並被譯成三十九種語言發行，受到各國不同年齡讀者的熱愛。

從書名可以猜到，該書講了許多加尼諾的「搗蛋」故事。這類故事，孩子當然會感到「好玩」，成人爲什麼也喜歡呢？原因是多方面的：該書能開啓我們每個人的童年秘密，喚醒兒時的回憶，再現兒童的天性，同時，加尼諾的趣事也反映出現代家庭教育的種種問題，讓我們在歡笑之餘，得到深刻的反思……

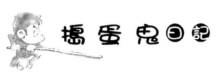

（二）請聽聽孩子的心聲

的確，只要拿起《搗蛋鬼日記》，你就會讀到加尼諾的種種淘氣事，但是，它不僅僅是一本幽默的、童趣十足的兒童讀物，對我們來說，也是一面鏡子，能夠把我們在教育方面比較容易忽略的問題折射出來。加尼諾的確頑皮，但事情也不能都怪他，很多時候，他其實是很無辜的，比如這一次：

「我的好媽媽……總是教育我不要撒謊。她說只要撒一次謊，就要在地獄裡關七年。但是，有一天，裁縫來我家收工錢，她卻讓卡泰利娜對裁縫說她不在家。我為了不讓她到地獄裡去受苦，就趕緊跑到門口去大聲喊：『卡泰利娜撒謊，媽媽在家。』結果我得到的獎賞是，挨了一記響亮的耳光。」

不過，即便加尼諾只是「好心辦壞事」，卻還是一再受到家人的責打，因爲沒人願意聽或相信他的解釋。所以，他只能把心事講給自己聽：

「說起來難以相信，在我掉進河裡的一剎那，我……只是想講：這下子爸爸、媽媽、姊姊們將因爲他們身邊沒有我而高興了！他們將再也不會說是我

毀了這個家！他們再也不用叫我『搗蛋鬼』的外號了！」（九月二十一月）

「我親愛的日記，我有多少話要向你訴說啊！」（十月十二日）

「我的日記、我太絕望了！當我被關在自己的小房間裡時，我感到只有把悲哀向你訴說，心裡會好受些。」（十月二十四日）

這些話，竟然出自一個九歲的孩子之手，實在令人心酸。如果大人們知道他的這些想法……不，不可能的，因爲那些大人們只願不斷地用粗暴的教育方式，把自己的孩子變得像別人家的孩子一樣聽話，卻不想抽空去聽一聽孩子的心聲。

（三）修剪＝戕害

向來以童趣漫畫見長的豐子愷先生，一九四九年爲《護生畫集》創作了一幅名爲〈剪冬青聯想〉的「另類」護生畫：畫面的下半部分，畫著一個園丁用剪刀將冬青樹叢修剪整齊的場面，畫面的上半部分，畫著一群個體大小不一的人，一把更大的剪刀正在試圖將他們也修剪整齊，結果，除了一個矮子，所有人的頭都被剪下一半或者大半……

從畫的寓意來看，它已超出護生畫的範疇，成爲一幅觸目驚心的諷刺畫了：人非草木，怎可一刀切？尤其是對孩子。可惜，許多大人都忽略或拒絕相信它——其中，既包括一些中國人，也包括加尼諾的家人。所以，等他們意識到「剪刀」也終有力竭的一天時，只能一片茫然，無所適從，就像加尼諾在日記中寫道的那樣：

「在家裡，大人連揍都不想揍我了。」（十月三十一日）

如果他們能從自己身上尋找原因，事情未必不會有好的轉機。可是，此時他們仍然不肯承認「孩子也是人，不能一刀切」這個最簡單的道理。那麼，後來的事情只能越變越糟……

加尼諾本來就不壞，但他的家人卻一定要把他改造成「一個與過去完全不同的好孩子」。於是，家人出於「好心」而改造他的所有努力，都成了對他的扭曲，招致了他出於純眞本性的激烈對抗，於是他的「搗蛋」也越來越離譜……

如果好壞的標準因人而異，謊言支配眞言，加尼諾怕是永遠也變不成大人眼中的好孩子。長大後，他要嘛變得憤世嫉俗，類似於《麥田捕手》中的霍爾頓，要嘛……

(四) 推行眞的「愛的教育」

孩子的本質是好的，卻無法自覺免受大人的「壞影響」，尤其是那些潛移默化的影響——有時，孩子的「搗蛋」原因即在於此。加尼諾身上所有眞正的缺點，幾乎都可以從他的家人、親戚、學校乃至社會找到根源，是這些多方面不良「身教」的結果。在《搗蛋鬼日記》中，有一個這樣的情節：

一天早晨，加尼諾把鳥從籠裡放出來，然後抱著貓在一邊看。一不留神，貓竄出去，咬死了小鳥。於是加尼諾把貓拎到水龍頭下，用水猛沖，「懲罰這隻殘暴的貓」。

在懲罰「殘暴」的貓時，加尼諾同樣「殘暴」，但他卻不覺得，因爲每次他犯錯後，總是受到類似的或是更重的懲罰。

過去，大人只相信「棍棒之下出孝子」、全然不顧棍棒下面的委屈，甚至鮮血。那些棍棒下的「孝子」，在成人後又對自己的孩子繼續新一輪的棒打，結果卻多半與加尼諾懲罰貓的效果近似。

再讀一讀加尼諾在日記中信手寫下的這句反思，我們的感觸將更深：「如果把自吹小時候怎麼怎麼好的爸爸也關在房間裡，罰他光喝清水和啃麵包，我敢打賭，他也會像我一樣去爭取自由的。」

表面上來看，多少年來，我們一直在推行「愛的教育」，但是，什麼才算眞正的「愛的教育」，孩子得到它了嗎？——讀了《搗蛋鬼日記》後，相信我們從中能得到不少啓發。

加尼諾語錄

我多麼高興我掉到河裡，多麼高興我經歷了淹死的危險！要不，我也不會得到這麼多的問候，聽不到這麼多的好話。

看來是不可能的，但又確實如此，這就是世上的男孩就知道幹壞事。要是今後一個男孩都不出生就好了，這樣，他們的爸爸、媽媽將會多麼高興啊！

姊姊們以為，男孩子的臉生來就是讓人搧耳光的……但她們不知道，當她們這樣做時，陰暗和報復的想法就在男孩子們的頭腦中產生了。

真的，我沒有一絲惡意，如果在場的人們勇敢一些的話，就會以一場大笑來結束。遺憾的是，孩子良好的願望從來就沒被承認過。

如果爸爸講的是對的話，那麼也就是說：我兩歲時幹的事也得算帳囉！

這樣將使他們懂得，孩子們有了錯應當改正，但不能靠棍棒。

如果把自吹小時候怎麼怎麼好的爸爸也關在房間裡，罰他光喝清水和啃麵包，我敢打賭，他也會像我一樣去爭取自由的。

大人們應該懂得，不要總是把什麼過錯都推到小孩子身上，並強迫他們承認這些過錯。

大人們多麼傲慢哪！但是，這次他們將發現，孩子們有時比她們判斷得更正確，而他們總認為自己什麼都是對的！

兩天裡我吃了八碗麵條湯……就是在鎮壓異教徒的時代，人們也沒有用這樣可怕的刑罰，來對待一個可憐的男孩子。

他們一唱一和，意思是：孩子應該尊重大人，而大人卻沒有義務尊重孩子……

搗蛋鬼日記

九月二十日 星期三

一八七〇年，義大利軍隊進入羅馬

一八九七年，加尼諾出生

九月二十日

好了，我把今天的日曆畫到我的日記本上了。今天是義大利軍隊進入羅馬的日子，也是我的生日。我把這兩句話寫在日曆上，目的是讓那些來我家的朋友別忘記送禮物給我。

下面是到目前爲止我所收到的禮物：

一、爸爸送我一把可以打靶的手槍。

二、姐姐阿達送了我一件小方格的衣服，但我對衣服不感興趣，因為它不是玩具。

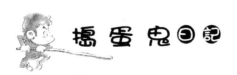

三、一副精緻的釣魚竿，還附有魚鉤魚線，釣魚竿可以拆成一節一節的。這是維琪妮婭姐姐送我的。這件禮物我很喜歡，因為我酷愛釣魚。

四、露伊莎姐姐送給了我一個文具盒和一支紅藍鉛筆。

五、媽媽送我一本日記本，它是禮物中最好的。

嗨！媽媽的禮物眞好！她送我這一本日記本，使我能夠把自己的想法和經歷的事情都記下來。它像一本漂亮的書，封皮是綠綢做的，每一頁都雪白雪白，我都不知道怎麼才能填滿它！我曾經是那樣渴望有一本屬於自己的日記本，好在上面寫下我的回憶。我的姐姐們每天在睡覺前，披頭散髮，半敞著衣服，寫著一天的事情。我現在也能像她們一樣了。

我眞不明白，這些女孩子們哪有那麼多東西可寫！

相反地，我卻一點也不知道要寫些什麼。我該如何才能填滿每一頁？我親愛的日記。我想了一想，只有我的畫畫才能幫上我的忙，於是我在日記上畫上了我的像，畫上了我滿九歲時的樣子。

不過，像這麼漂亮的日記，還是應該用來記上我的想法、我的考慮……有辦法了！抄一段阿達姐姐的日記不是挺好的嗎？正好此時她和媽媽去別人家串門子了。

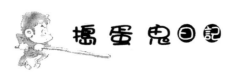

我走進阿達的房間，打開她桌子的抽屜，取出了她的日記。現在可以安心地抄了。

「唉！要是那個小老頭再也不來我家就好了！可是今晚又來了！這是不可能的事！我不喜歡他！我不喜歡他！我永遠也不會喜歡他……媽媽說，他非常有錢，要是他向我求婚，我應該嫁給他！這不是太殘忍了嗎？我可憐的心！他的手又粗又紅，只知道與爸爸談葡萄酒、油、土地、農民、牲畜；從來也沒見他穿過一件時髦的衣服……唉，要是這事早點完就好了！要是這事早點完就好了！我的心也可以平靜些……昨天晚上，當我送他出門時，門口只有我們二個人，他要吻我的手，我跑掉了。我讓他的欲望成了泡影……哦，不！我愛我親愛的阿爾培托・德・萊基斯。可是，多麼遺憾，他只是一

個小小的窮職員……他老是使我心煩意亂，我再也不能忍受了！多麼失望啊！生活是多麼使我失望啊……我真不幸！！！……」

好，就抄這幾行吧！因爲我已經抄滿兩頁紙了。

臨睡前我又把你打開了，我的日記，因爲今天晚上發生了一件嚴重的事情。

Ritratto di Giannino Stoppani dall'età di anni 9 finiti addì 20 settembre 1905.

像往常一樣，大約八點左右，阿道爾夫・卡皮塔尼先生來了。他是一個老東西、壞東西，又胖又紅……我的姐姐們取笑他是完全有道理的！

我呢，在客廳裏拿著我的日記。忽然，他尖聲對我說——這尖聲就跟貓被剝皮時的叫聲一樣——他說：「我們的加尼諾在看什麼好東西啊？」自然，我馬上把日記遞給了他，他當著全家人的面大聲地念了出來。

開始，媽媽和姐姐們笑得像傻子一樣。誰知，當他念到我從阿達日記上抄的那一段時，就吼了起來，使勁用手去撕日記，但是日記本很結實。爲了弄清這到底是怎麼一回事，於是他一本正經地問我：

「爲什麼你要寫這些混帳話？」

我回答他，這些不可能是混帳話，因爲是我從大姐的日記上抄下來的。她比我有發言權，知道該說什麼。

說到這裏，卡皮塔尼先生板著臉站了起來，取了帽子，一聲不吭地走了。

眞沒有教養！

這時，媽媽不去跟卡皮塔尼生氣，反而衝著我嚷；那嚇呆了的阿達也哭了起

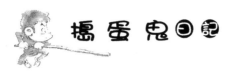

來，眼淚像泉水一樣。

她們都去安慰我大姐了！

可以了！最好還是睡覺去吧！這時，我很高興，因爲我已經在我親愛的日記上寫上整整三頁了！

九月二十一日

我眞是生來就倒楣！

在家裏，我再也不能忍受下去了。全家人都說：由於我的過錯，把一門親事弄吹了。這門親事慢慢發展下去的話，本來是挺不錯的。像卡皮塔尼這樣一年有二萬里拉收入的丈夫，就是打著燈籠也不容易找到。阿達將受到懲罰，一輩子像貝蒂娜姑媽一樣做個老姑婆，以及諸如此類沒完沒了的話。

我不明白，從姐姐的日記上抄了一段話，究竟犯了什麼大錯！

哼！我對你起誓，我的日記：從今以後，不管好壞，一切都由我自己來寫，因爲姐姐的這些混帳話弄得我很掃興。

昨晚的事情過後，今天早上家裏似乎要發生什麼大事。十二點都過了好久，家裏還沒有吃飯的動靜。我實在餓得不行了，輕輕地走進餐室，從食品櫃裏拿了三個小麵包、一大串葡萄和一把無花果，便夾著魚竿到河邊去吃了

起來。吃完後，我就開始釣魚。我只想釣幾條小魚，突然，我覺得魚竿被什麼拉了一下，也許是我身體太向前傾了，噗通一聲，我掉進了河裏！說起來難以相信，在我掉進河裏的一剎那，我沒來得及想其他的事情，只是想到：這下子爸爸、媽媽、姐姐將因爲他們身邊沒有我而高興了！他們將也再不會說是我毀了這個家了！他們再也不用叫我「搗蛋鬼」的外號了！這個外號使我相當的生氣！

我在水中往下沉，往下沉，當我覺得被兩隻有力的胳膊提起來時，便什麼也不知道了。

我深深地吸了一口九月的新鮮空氣，

感覺立刻好多了。

我問把我救起來的撐船人，是否想到把我心愛的釣魚竿也撈起來了。

當切基把渾身濕漉漉的我抱回家時，我不明白媽媽爲什麼哭得那麼傷心。我告訴她，我好多了，但是我的話像是耳邊風，媽媽的眼淚好像流不完似的。我多麼高興我掉到河裏，多麼高興我經歷了淹死的危險！要不，我也不會得到這麼多的問候，聽不到這麼多的好話。

露易莎馬上把我抱上床，阿達給我端來了一碗滾熱的湯，家裏的人都圍在我身邊，連傭人們也是這樣，一直到吃飯時才離去。臨下樓前，她們用被子把我捂得那麼緊，以至我都要悶死了。她們叫我別調皮，好好地躺著別亂動。

但是，對於我這樣年紀的孩子來說，這能辦得到嗎？我一個人待在房間裏幹什麼呢？我從床上起來，從衣櫃裏取出了那件小方格衣服穿上。爲了不讓人聽見，我輕輕地、輕輕地走下了樓梯，藏到了客廳窗子的帷簾後面。要是我被他們發現，又將挨多少罵啊！……不知怎麼了，我在帷簾後睡著了。

大概是由於睏了，或者是太累了，我在帷簾後睡了一大覺。當我再睜開眼睛，從帷簾的縫中，可以看見露伊莎和柯拉爾托醫生肩挨著肩地坐在沙發上，低聲說著話；維琪妮婭在客廳的另一個角落裡，心不在焉地彈著鋼琴；阿達不在，她肯定睡覺去了，因爲她知道卡皮塔尼不會來了。

「至少還要一年的時間，」柯拉爾托說，「巴爾迪醫生開始變老了，他答應讓我做他的助手。親愛的，妳一定等急了吧？」

「哼！等你？不！」露伊莎說著，兩個人都笑了起來。

柯拉爾托繼續說：「我還沒跟任何人提起過。在我們宣布訂婚之前，我想先取得一個穩定的職業……」

「是的，還沒訂婚就宣布，傻瓜才這樣做呢！」

我姐姐說到這，突然站了起來，坐得離柯拉爾托遠遠的。這時，正好馬拉利進來了。

大家都非常關心地問起了可憐的加尼諾現在好一點了沒有。這時，媽媽衝進了客廳，臉色蒼白，讓人害怕。她大聲地說，我從床上逃走了，她到處找我，都沒有找到。這時，爲了使媽媽別再著急，我能做點什麼呢？我叫了一聲，便從帷簾後面走了出來。

當時，大家都嚇了一跳！

媽媽一邊哭一邊埋怨著：「加尼諾，加尼諾！你嚇死我了……」

「什麼！這麼長時間你都在帷簾後面？」露伊莎紅著臉問我。

「是的，你們總是教訓我，要我說眞話，那麼，你爲什麼不對你的朋友說你們要訂婚了？」我轉向她和醫生問道。

我姐姐抓住我的一隻胳膊，要把我拖出客廳。

「放開我！放開我！」我喊著，「我自己走。爲什麼你一聽見門鈴響就站了起來？柯拉爾托……」沒等我把話說完，露伊莎就堵住了我的嘴，把我拖了出去。

「我眞想揍你一頓，」她哭了起來，「柯拉爾托也絕不會原諒你的。」可憐的姐姐傷心地哭著，好像她丟了一件世界上最珍貴的東西一樣。

我對她說：「姐姐，妳別哭了。要是知道柯拉爾托嚇成那個樣子的話，我走出帷簾時就什麼也不說了。」

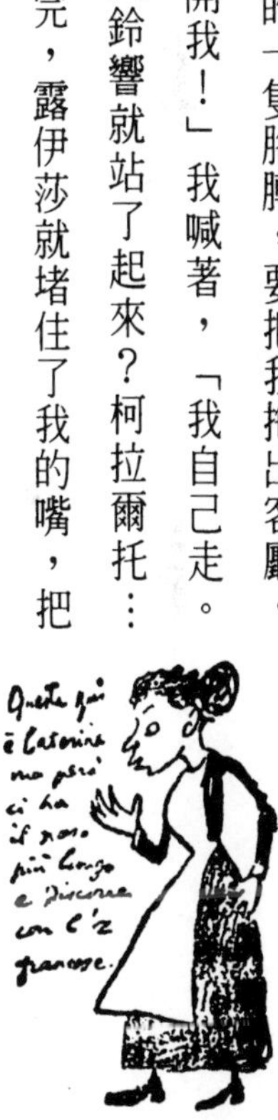

卡泰利娜

這時，媽媽來了。她把我抱回床上，吩咐卡泰利娜在我睡著前不要離開。

我親愛的日記，如果我不先寫上一天所有的事，我怎麼睡得著呢？卡泰利娜也睏得不行了，不時地打著呵欠，腦袋都要歪到脖子上去了。

再見，日記，今晚再見了。

十月六日

兩個星期我都沒在日記上寫一個字。因爲，自從那天掉到河裏，後來又溜下床，出汗著了涼，我病倒了。柯拉爾托一天來替我看兩次病。他對我這麼好，我覺得對不起他，因爲那天晚上我把他嚇壞了。我的病要過多少天才能好呢？……今天上午，我聽到阿達和維琪妮婭在走廊裏說話，當然，我要聽聽她們說些什麼？原來，她們打算在家裏舉行一場舞會。

維琪妮婭說，她高興極了，因爲我躺在床上，這樣就不會鬧出什麼事，舞會一定能成功。她說，她希望我在床上躺一個月。我就不明白，爲什麼姐姐們不願讓她們最小的弟弟病快些好起來……況且，我對維琪妮婭那麼好……我沒病時，每天跑兩次郵局，幫她寄信取信。有幾次，我把信弄丟了，但我沒對她說，她也根本不知道我把信弄丟了。她沒有任何理由對我這樣。

今天，我感到身體好多了，我想起床了。下午三點左右，我聽見卡泰利

娜上樓梯的聲音，她是來給我送點心的。床，我都躺膩了，我便藏到門後，藏在媽媽的一條黑披肩裏。當她進門時，我汪汪地學著狗叫，從她後面撲了上去……你想她會嚇成什麼樣子？……她嚇得把咖啡壺摔得粉碎，咖啡和牛奶都灑到了媽媽昨天剛爲我買的地毯上。這個傻瓜又驚慌地大聲叫了起來，嚇得爸爸、媽媽、姐姐們、廚娘和喬萬尼都跑上了樓，不知道究竟出了什麼事。

有像卡泰利娜這麼傻的嗎？……像往常一樣，我被罵了一頓……哼，等我病好之後，我要從這個家裏逃走，逃得遠遠的，讓他們學習學習應該怎樣來對待男孩子們！……

柯拉爾托

十月七日

我今天終於被允許下床了……讓一個像我這樣的男孩子，膝上蓋著羊毛毯，躺在安樂椅上一動也不動，這怎麼可能呢？我都要煩死了！在卡泰利娜下樓為我拿糖開水的時候，我輕輕地、輕輕地扔掉蓋在我膝蓋上的東西，跑到露伊莎的房間裏，從她的抽屜裏翻出一大堆照片看了起來。我的姐姐們正在客廳裏與她們的女友羅西小姐聊天。卡泰利娜端著糖水回來，到處找我也沒有找到……眞有意思！……我藏到衣櫃裏去了。

那些照片把我逗死了……一張照片後面寫著：「眞是一個大傻瓜！……」另一張後面寫著：「嘿，確實挺可愛！」這張上面寫著：「他向我求婚，不過……想得太簡單了！」其他的還有：「很熱情！……」或者「嘴巴長得多難看啊！」有一張後面寫著：「一臉驢相！……。」

每一張照片後面都寫著這一類的話。我拿走了十幾張我熟悉的人的照

片。等我能到外面去的時候，我要跟他們開開玩笑。我小心地把抽屜關好，讓露伊莎看不出有人動過她的東西……

但是，我不願意回到我那又髒又亂的房間裏去，我不想自尋煩惱。突然，我起了一個念頭：「男扮女裝？」

我找出一件阿達的舊胸衣，一條漿洗過的白拖裙，從衣櫃裏取出一件玫瑰色的葛布繡花上衣，穿戴了起來。裙子腰身很緊，而且要用別針扣住。我用玫瑰色的胭脂膏塗在兩腮上，照著鏡子……「眞好看！……完全變了樣！……我變成了一個多麼漂亮的小姐啊！我的姐姐將會多麼嫉妒我，多麼嫉妒我啊！」我高興得叫了出來。

這樣說著說著，我走下了樓梯，正好碰到羅西小姐要走。結果可熱鬧了！

「我的玫瑰紅葛布衣服！」露伊莎嚷著，臉氣得發白。

羅西小姐拉著我的胳膊，讓我轉向亮處，用譏諷的口氣說道：「你的臉怎麼這麼漂亮，紅紅的？嗯，加尼諾？」

露伊莎給我使了一個眼色叫我別說，但我裝著沒瞧見她，回答道：「我在抽屜裏找到一盒胭脂……」羅西小姐笑了起來，笑得那麼狡猾，以至我都不知道該怎麼才好。

後來，我姐姐對我說，羅西是個快嘴婆，她將得意地到處散布，說我姐姐擦脂抹粉。

我當時打算很快地回到自己的房間，但露伊莎擋住了我。

我不服氣地盯著她，扯掉了她衣服上的一根飾帶。她發火了，打了我一巴掌……「好啊，小姐！……妳還不知道相片都在我手裏呢！」我心裏想。

姐姐們以爲，男孩子的臉生來就是讓人搧耳光的……但她們不知道，當她們這樣做時，陰暗和報復的想法就在男孩子們的頭腦中產生了。我不出聲，好吧……明天再看吧！

十月八日

哈，今天我去找那些送給我姐姐照片的人了，眞好玩啊！

我第一個找的是卡洛・內利。他是一個門面漂亮的時裝店老闆，總是穿著最流行的衣服，走起路來老用腳尖，大概是因爲鞋子太窄了。內利一見我進了他的店，就對我說：

卡洛・內利

「噢！加尼諾，你病好了嗎？」

我回答他說好了，接著又一個個地回答了他所有的問題。他送了我一條漂亮的紅領帶。

我謝謝他，這是我應該做的。既然他開始問我姐姐的事，我認爲是時候了，就取出了照片。這張照片背後用鋼筆寫著：「老來俏，我知道他將要說些什麼。」

他看了自己的照片（就像畫上畫的），小鬍子氣得都豎了起來，嘴巴張得很大，大得都快要連到耳根了，臉漲得像紅辣椒。他對我說：「好哇！是你在跟我惡作劇！」

我回答他說不是的。這張照片是在我姐姐抽屜裏找到的。

說完，我就跑了。因爲我看見他的臉色讓人害怕，再說，我也不願意聽他囉囉嗦嗦地耽擱時間，我還要去散發其他的照片。

接著，我馬上跑到皮埃利諾·馬西的藥店裏。

他長得好醜啊！可憐的皮埃利諾長著紅的捲髮，臉色蠟黃，臉上還盡是坑坑洞洞的。

「你好，彼特羅。」我問候他。

「噢，是加尼諾！家裏的人都好嗎？」他問我。

「都好，大家也問你好。」

這時，他從藥架子上取下了一只白色的大玻璃瓶，對我說：「你喜歡吃

馬西藥店

薄荷片嗎？」

還沒等我回答，他就抓了一把五顏六色的薄荷片給我。

確實是這樣，男孩子有個可愛的姐姐眞是福氣，總是能受到小伙子們的注意。

我收起薄荷片，然後取出照片，熱情地對他說：「你看看，這是今天早上我在家裏找到的。」

「讓我看看！」皮埃利諾伸長了手。我不願無代價地把照片給他，可是，他用力搶了過去，念起照片背面用藍鉛筆寫的字：

「他想吻我的手，眞是笑話！」

皮埃利諾的臉馬上像紙一樣慘白，我甚至以爲他會馬上暈過去。但是，他沒暈倒，卻咬牙切齒地說：

「你姐姐這樣愚弄一個好人是可恥的，你懂嗎？」

儘管我已經完全懂了他的話，但他爲了讓我更明白他的意思，就舉起腿來做了一個踢足球的動作。我沒有理會他，只是抓起一把散在櫃檯上的薄荷片，飛快地跑出藥店，到烏戈．貝利尼那裏去了。

烏戈．貝利尼是一位很年輕的律師，快二十三歲了，與他父親在同一個律師事務所裏做事。事務所設在維多利亞．埃馬努埃萊路十八號。看到烏戈走路的樣子就知道他是誰了。他走起路來挺胸凸肚，鼻子朝天，可是說起話來聲音卻很低，好像

烏戈．貝利尼　基諾．維阿尼

臉要碰到鞋底似的。

他確實長得很滑稽，我姐姐說的是有道理的。我向他打招呼，心裏有點不忍，因爲他是一個一本正經的人。

我進了門，對他說：「請問，烏戈・貝利尼在這裡嗎？」

他回答我說：「你找他幹嗎？」

「這裏有一張他的照片。」

我把照片遞給他，照片背面寫著：「像個老頭，多滑稽啊！」

烏戈・貝利尼一接過照片，我回頭就跑。這麼一來效果更強烈，因爲當我下樓梯時，就聽見了他可怕的吼聲：「沒教養的！多管閒事！粗魯！」

啊！要是把今天上午的事都寫上的話，那麼今天晚上覺都睡不成了！那些小伙子，當他們看到照片背後的字時，臉色多難看啊！看到他們的種種怪樣子，我都要笑破肚皮了。

然而，最可笑的是基諾・維阿尼，當我遞給他反面寫著「一臉驢相」的照片時，他的樣子眞讓人可憐。他流著眼淚，有氣無力地說：「我完了！」

他說得不對，因爲，如果他眞的完了，那他就不能在房間裏走來走去，嘟噥那麼一大堆廢話了。

馬西藥店

十月九日

爲了讓媽媽同意她們在家裏舉行舞會，今天，阿達、露伊莎、維琪妮婭與媽媽磨蹭了一整天。這場舞會是她們早就商量好要舉辦的。她們再三地懇求媽媽，最後終於得到了許可。媽媽是那麼地好，她爲的是讓姐姐們高興。舞會定於下星期二舉行。

她們談論著舞會應邀請哪些人，自然，她們也想起了我送照片的那些人。

依我看，那些看到姐姐在照片背後寫著「恭維話」的人，肯來參加舞會才怪呢！

十月十二日

我親愛的日記，我有多少話要向你訴說啊！

看來是不可能的，但又確實如此，這就像是世界上的男孩就知道幹壞事。要是今後一個男孩都不出生就好了，這樣，他們的爸爸、媽媽將會多麼高興啊！

昨天遇到了多少事，又有多少話要對你說，我的日記！

但是，事情太多了，所以我不可能都把它們寫出來。是啊，昨天我遇到了多少事啊！……我被爸爸狠狠地揍了一頓，直到現在還在痛。我不能坐著，因爲屁股腫得好厲害，請原諒我這麼說。

但今天我一定要寫下事情的經過，寫清楚到底是怎麼一回事，儘管我坐著寫要忍著疼痛。

唉，我的日記，多麼難以忍受，多麼難以忍受啊！……永遠爲了眞理和

正義而忍受……

我前天已經告訴你，媽媽同意姐姐們在家裏舉辦舞會了，我都形容不出姐姐們是多麼興奮。她們從這個房間竄到那個房間，交頭接耳，忙忙碌碌……想的是舞會，說的也是舞會。

貝蒂娜姑媽

前天，午飯過後，她們在客廳裏寫邀請卡，看上去個個都是興高采烈的樣子。忽然，門鈴響了，姐姐們停下了手中的筆，嘰嘰喳喳地議論開了：「是誰這個時候還來？」、「鈴又按得這麼響！……一定是個鄉下佬！……」，「肯定是個沒教養的……」

這時，卡泰利娜來到了客廳門口，興奮地說：「啊，小姐們，稀客來了！」

跟著她的是貝蒂娜姑媽！乾瘦的貝蒂娜姑媽，住在鄉下，一年只來我家兩次。

姐姐們小聲地嘟囔著：

「嘿，好一個稀客！」

姐姐們的臉色馬上就變得很難看，她們推說要去整理房間，撇下了姑媽和媽媽，跑到另外一個房間去了。我也跟在她們後邊去湊熱鬧。

「唉，多醜的老太太！」阿達非常不高興地說。

維琪妮婭以譏諷的口氣說：「肯定她要留在這裡。舞會上來了這麼一個身穿綠綢衣服，手上套著黃棉手套，頭上戴著紫色帽子的老太婆，可眞叫人掃興啊！」

露伊莎絕望地說：「眞叫人臉紅！唉，怎麼辦呢！我可沒臉向人家介紹這麼醜的姑媽！」

也就是說，我的姐姐們不願意貝蒂娜姑媽出現在舞會上，但她們又有什麼理由讓姑媽走呢？是啊，姐姐們爲了辦好這場舞會做了那麼多準備工作，卻因爲來了個讓人看了會發笑的醜老太婆，影響了舞會的效果，這不是太遺憾了嗎？

應該想個辦法解決這個問題，應該有人爲了姐姐們高興而做出犧牲。啊！對於一個善良的男孩來講，爲了使姐姐們高高興興而做出點犧牲，不是可貴的行動嗎？

爲了報復露伊莎姐姐，我拿走了她的照片。爲了這件事，我感到有些對不起姐姐們。所以，我決定馬上做件好事來彌補我的過失。

前天吃過晚飯後，我把貝蒂娜姑媽拉到一邊，認眞地小聲對她說：「親愛的姑媽，妳願意做一件讓妳侄女們高興的事嗎？」

「你這話是什麼意思？」

我對她說：「如果妳眞的願意讓妳的侄女們高興的話，那麼請妳在舞會前離開我家。妳一定知道，妳太老了，而且衣服又穿得這麼古怪，她們當然會不怎麼高興。我說這句話僅僅是重複了她們的意思，可是我也是這麼想的。妳星期一回家去吧！這樣妳的侄女們一定會非常感謝妳的。」

我不知道這麼直率地說了這些話後，姑媽會不會生氣。我請求她別跟任何人說起這件事，跟誰也不要說，並再三懇求她，明天早上起床後就走。不知她是不是會走？

事實上，昨天早上貝蒂娜姑媽真的走了。臨走前，她鄭重地發誓說：再也不會跨進我家的門了。

還有，好像爸爸向她借了一筆錢，所以，她還對爸爸說後悔把錢借給他，並說，借別人的錢來辦舞會是一件非常丟臉的事。

在這件事上，我有什麼錯？

但是，像往常一樣，全家人的怒氣又統統發到了一個九歲的男孩身上。

我不想多講這些傷心事來糟蹋日記！我只是說昨天早上的事。當姑媽一走，這世界上應該對我最好的人，卻無情地打罵了我一頓……

唉！我不能再繼續坐著寫了……除了屁股疼外，還在爲舞會提心吊膽。舞會的準備工作都做好了，但我的心卻不踏實，主要是爲著那些照片……

算了，我的日記，讓上帝爲她們祝福，祝福她們平安無事吧！

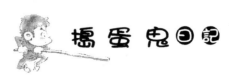

十月十五日

經過了這些天的忙碌，我們終於盼到了這個熱鬧的星期二……

卡泰利娜幫我穿上了新西裝，繫上卡洛・內利送我的鮮紅的絲領帶。卡洛・內利就是照片上寫著老來俏的那一位，我不知道他今天會說些什麼。

姐姐們對我進行了一番訓話，長得就像守齋時聽的禱告那樣。內容無非是要我好好的，不要幹壞事，對客人們要表現出有教養以及類似的話。所有的男孩子都懂得要耐著性子聽她們說上一小時，並且要表現出對長者的順從。其實，心裏想的卻是別的事情。

很自然地，我總是回答「是」。於是，我得到許可，走出我的房間，到樓下客廳裏轉轉。

一切都準備好了，舞會馬上就要開始。多漂亮啊！客廳裏燈火輝煌，鏡子裡反映的燈光更耀眼！到處擺滿了盛開的鮮花，到處飄散著誘人的芳香。

但是，最好聞的是擺在餐桌上的奶油巧克力和香草奶油，堆得高高的各式糕點和麵包，以及在盤子裏不斷散發香味的紅、黃色霜淇淋。餐桌上還鋪著非常漂亮的繡花桌布。悅目的銀器和水晶燈也都在閃閃發亮。

姐姐們打扮得漂亮極了。她們袒胸露臂，穿著白色的衣裙，兩頰紅紅的，眼睛裏閃著幸福的光芒。她們一個個地把客廳、餐廳都檢查了一遍，看看東西是不是都放好了，準備迎接客人。

我到樓上房間裏馬上寫下了這些舞會前的情況。現在，我的頭腦很清醒……因爲等一會兒，我的日記，我就不能擔保是否還能在你的上面寫下我的印象。

時間很晚了，但在睡覺前我要先講一下舞會的情況。

當我從樓上回到客廳時，小姐們已經來了。有些是我認識的，例如像瑪內莉、法比婭妮、比切・羅西、卡爾莉妮以及其他人。來賓中還有一個叫梅羅貝・桑蒂妮的乾瘦女人，她跳起舞來的動作讓人噁心，爲此，維琪妮婭姐姐還給她取過外號。

小姐們來得很多，但男的卻很少，只來了露伊莎的未婚夫柯拉爾托和樂隊的人。樂手們都閒著坐在那裏，等著讓他們演奏的訊號。鐘上的指標指到了九點，於是，樂隊開始演奏起波爾卡舞曲，但是小姐們仍在客廳裏轉來轉去，互相交談著。

接著，樂隊又奏起了馬祖卡舞曲，兩三個小姐決定先跳，但沒有什麼意思，因爲這種舞是需要男舞伴帶的。

這時已經九點半了。

我的可憐的姐姐們，老是睜著眼睛望著鐘的指針，並不時地轉身看著門口。她們淒慘的神情讓人同情。

媽媽也很著急。我卻趁這時一份接著一份地吞下了四份霜淇淋，而且誰也沒有發現。

其實，我心裏也是非常後悔的。

終於在還差幾分鐘十點的時候，門鈴響了。

小姐們覺得這鈴聲比鋼琴的樂聲還動聽。所有的人都舒了一口氣，轉身朝門口望著，等著她們久盼的男舞伴。我的姐姐們都跑向門口，去迎接男舞伴的到來……

但是，進來的不是男舞伴們，卻是卡泰利娜，她把一個信封遞給了阿達。露伊莎和維琪妮婭圍著阿達問：「是誰不能來？」

根本不是那麼一回事！這既不是一封信，也不是邀情卡，而是她們熟悉的一張照片，是一張鎖在露伊莎桌子抽屜裏很久的照片。

露伊莎的臉紅了起來，但她馬上就對照片產生了疑問：「這是怎麼一回事？怎麼搞的？」

過了一會兒，門鈴又響了……小姐們又重新朝門口望去，期待著她們久

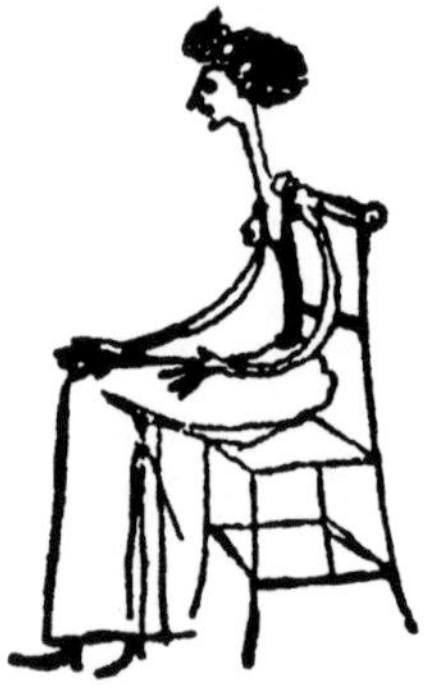

梅羅貝・桑蒂妮

等的舞伴。但是像剛才一樣，卡泰利娜又遞上了一封使姐姐們心發慌的信。信中夾著另一張前天我送出去的照片。

五分鐘後，門鈴又響了，又是另一張照片。

姐姐們的臉漲得通紅。這時，我使勁地讓自己別去想這些不愉快的事，因爲事是由我造成的。我低著頭拼命吃夾肉麵包，來掩飾自己的不安。我非常懊悔自己所做的事，恨不得鑽到某個地方去，只要不看見姐姐們就行。

最後烏戈・法比尼和埃烏傑尼奧・廷蒂來了，他們顯得很高興。我知道他們爲什麼高興！我記得姐姐在法比尼的照片後面寫著「多麼可愛的小伙子！」，在廷蒂的照片後面寫著「漂亮，世界上非常漂亮的，漂亮極了！」

但是，舞會上連同跳舞時蠢得像狗熊一樣的柯拉爾托，一共也只有三個男舞伴。三個人怎麼能滿足二十多位小姐跳舞呢？

樂隊奏起了四步舞曲，但是跳這種舞更必須要有男舞伴相伴才行。就因爲這樣，舞會顯得更加冷冷清清，大家都覺得很掃興。

只有懷著惡意的人，這時才會因爲舞會的失敗而幸災樂禍，而我的姐姐們卻可憐得幾乎哭了起來。

不過，飲料倒很好喝。儘管我爲破壞了舞會而心事重重，僅僅喝了三四種飲料，但我要說，最好喝的是馬萊納，利貝斯也不錯。

正當我在客廳裏逛來逛去的時候，我聽見露伊莎小聲地對柯拉爾托說：「我的上帝，要是知道是誰搗的鬼，我可饒不了他！……這個玩笑開得太荒唐了，明天肯定要傳得滿城風雨，誰能受得了啊！唉，要是我知道誰搗的鬼就好了……」

這時，柯拉爾托走到我面前，眼睛盯著我，對我姐姐說；「可能加尼諾能告訴我們是誰搗的鬼，不是嗎？加尼諾？」

「你說這話是什麼意思？」我裝作沒事人的樣子回答著，但覺得自己的臉在發熱，聲音也有些顫抖。

「什麼意思？那麼，是誰把露伊莎房間裏的照片拿出去的？」

我不知道怎麼回答才好：「噢，可能是小貓毛利諾幹的……」

「什麼？是貓幹的？」姐姐怒視著我。

「是的。上星期我拿了兩三張照片讓牠叼著玩，可能是牠把照片叼到外面，丟到馬路上了……」

「好哇，原來是你幹的！」露伊莎吼著，她的臉紅得像燒紅的炭，眼珠子都快要瞪出來了。

露伊莎凶得好像要把我吃掉似的。我害怕極了，急忙在衣袋裏塞滿了杏仁餅，躲回了我的房間裏。

當客人走時，我已經脫衣服睡覺了。

十月十六日

天剛亮。

我做了一項重大的決定。在行動之前，我要在我的日記上再寫上幾行字。我的日記已經記載著我許多歡樂和傷心的事，儘管我只是一個九歲的孩子！

昨天晚上舞會結束後，我聽見她們在我的房門口嘰哩咕嚕說話，我假裝睡著了，所以她們沒有叫醒我。但是，第二天早上起床後，我肯定要挨她們的打罵，雖然挨爸爸揍的地方還疼著呢。

想起這事，我一整夜都沒有睡好。

對於我來講，沒有其他的辦法了，只有在爸爸、媽媽和姐姐們起床前從家裏逃跑。這樣，將使他們懂得，孩子們有了錯應當改正，但不能靠棍棒。因爲，正如歷史告訴我們的那樣：雖然奧地利人對我國廣大的、爲爭取自由

而爭鬥的愛國者們進行了殘酷的鎮壓，但是，棍棒只能傷及他們的皮肉，卻不能動搖他們的信念。

因此，我準備逃到鄉下去，到貝蒂娜姑媽家，她家我去過。火車是六點鐘開，從家到火車站半個小時就足夠了。

逃跑的準備工作已經完全做好了。我帶了兩雙襪子，一件替換的襯衣……家裏靜悄悄的，我將輕輕地、輕輕地走下樓梯，到鄉下去，到自由的地方去……

自由萬歲！

十月十七日

貝蒂娜姑媽還沒有起床，我趁這個時間寫下我昨天的遭遇，這些遭遇眞應該用薩爾加利（十九世紀義大利著名探險小說家）的筆調來描寫。

昨天早上，當家裏人都還沒有醒來時，我從家裏逃了出來，按照計畫的那樣，朝火車站走去。

我已經想好了實現計畫的方法，也就是跑到貝蒂娜姑媽家去的辦法。由於我沒有錢買火車票，也不認識去姑媽家該走哪條路，於是就決定去車站找上次去姑媽家乘的那班火車。我可以朝著火車開的方向，沿著鐵路一直走到姑媽家住的伊莉莎白村，這樣就不會迷路。我記得乘火車需要三個多小時，步行的話，我估計在天黑之前也能到達。

我到了火車站，便買了一張月臺票進了站。火車剛開來不久，爲了不讓熟人看見，我朝車尾走去，以便穿過鐵路，到車廂的另一邊去。

當我走到最後一節車廂時，發現這節是用來裝牲畜的車廂。車廂上面有個小崗亭，但裏面卻沒有人。

「要是爬到小崗亭上去呢？」我突然想。

在這一刹那間，我發現沒有人注意我，便迅速地爬上小鐵梯，鑽進了崗亭。我坐在裏面，用雙腿夾著鐵閘，兩手扶著閘盤。

一會兒，火車開動了，汽笛聲刺得我腦袋直發脹。從崗亭上，我看到裝滿煤的火車頭，拖著一長串的車廂；同時，也發現崗亭後面的窗戶玻璃全被打碎了，只有窗角上還留著一些玻璃碴。

太好了！小窗子正好與我的腦袋一樣高，我能看見列車在籠罩著晨霧的田野上奔馳的情景。我非常高興，爲了以某種方式慶祝一下我的好運氣，我從衣袋裏掏出一塊小杏仁餅放在嘴裏嚼了起來。

但是好景不長，天空變得昏暗起來，不一會兒就下起了密集的雨、刮起了大風。周圍的山裏，驚雷一個接一個地響著……

我一向不害怕打雷，但這次卻感到害怕。因爲我眼前的情景和起初完全不一樣。

我想到這列車上有著許多的乘客，而我卻是孤獨一人，誰也不知道我在車上。無論是親戚還是陌生人，都不知道我現在正面對著巨大的暴風雨，情況又是這樣的嚴重。

加尼諾過隧道

我想起爸爸講的話是非常有道理的。

他說過，火車上的服務和設備簡直差得無法形容，現在我在小崗亭裏證實了他的這句話——正如我前面說過的。小崗亭的窗戶玻璃全被打碎了，風

和雨從窗子裏吹打進來，把我迎著風的半邊臉吹得冰涼，同時我感到另外半張臉卻在發熱。這種情景就好像半張臉是浸在喝了會發熱的葡萄酒中，而另半張臉是浸在冰水中一樣。我不由地又想起了前天晚上的那場舞會，就是那場舞會，才使我落到了現在這種地步！

最壞的景況是火車開進隧道的時候！隧道裏彌漫著火車頭噴出的蒸汽和濃煙。它們都鑽進了我小小的崗亭裏，使我呼吸都感到困難。我覺得自己好像在洗蒸汽浴一樣。可是，當火車開出隧道後，這蒸汽浴又馬上變成了冷水澡。

在一條最長的隧道裏，我憋得都快要透不過氣來了。煙霧和蒸汽圍繞著我的全身；鑽進小崗亭的煤灰又像是在烤著我的眼睛，我感到眼睛都要被熏瞎了。儘管我使勁地忍耐著，但已經覺得四肢都發軟了。

就在這時，我的精神力量卻戰勝了絕望的情緒。我想到許多最著名的英雄，如魯濱遜等，他們都經歷了這種黑暗絕望的考驗。我終於要死了（我是這麼認爲的），但我想在臨死前留下最後一句話——一個不幸被悶死在火車上男孩的最後一句話。我用在崗亭椅子下摸到的一塊熄滅的硫磺，在日記上寫下了：「爲自由而死！」

我沒能夠把話寫完，因爲我突然感到喉嚨被什麼東西噎住了，後來就什麼也不知道了。

我肯定是暈過去了。我相信要不是我用雙腿夾住鐵閘攔住了身體，我肯定會從小崗亭上摔下去，被火車碾得粉身碎骨。

當我醒來時，冰冷的雨點正打在我的臉上。我覺得寒氣直往骨頭裏鑽，牙齒在上下不停地發抖。

幸好，火車在這時停了。我聽見有人在報我要去的站名，於

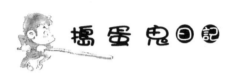

是我便扶著小鐵梯往下走。由於我的兩腿直發抖，結果一失足就摔了下去。

走來了兩個搬運工和一個鐵路職工。他們發現我後，好奇地望著我，問我爲什麼要爬到小崗亭上去。

我回答說我剛要上去，但是他們把我帶到了站長室。站長讓我對著鏡子站著，問道：「喂，你是剛上去嗎？那麼，你這張臉是什麼時候弄得像掏煙囪的？」

我照著鏡子，連氣也不敢喘，我簡直都認不出自己了。

這次倒楣的旅行弄得我渾身上下都是煤灰。鏡子裏的我滿臉漆黑，就像是一個眞正的埃塞俄比亞人，而且衣服也髒得不成樣子。

我被迫承認了是怎麼到上面去的。

「啊！」站長說，「你要到貝蒂娜・斯托帕尼那裡去？那就讓她付車錢好了。」

站長又對鐵路職員說：「寫一張罰款通知，罰三張三等車票的錢，因爲他違反規定，坐到了鐵路人員專用的小崗亭上。」

什麼？我當時眞想罵站長是一個出色的小偷。鐵路局理應體諒我，我乘坐的崗亭條件極差，甚至運牲畜也不是用敞篷車。而他們竟然要罰我三張車票錢！

但是，當時我感到身體極不舒服，只是說：「既然在崗亭上旅行這麼貴，那麼你們起碼也應該在玻璃窗上安上玻璃！」

我從來沒見過這樣的事！站長聽我這麼一說，馬上叫來了一名搬運工，讓他去檢查一下我乘的小崗亭。當他們知道窗上沒有玻璃後，又給我增加了八十分的罰款，作爲我打碎玻璃的賠償。

我又一次體會到爸爸罵鐵路局的人是有道理的。我害怕他們再把火車晚點或火車頭出毛病的費用，都加到我的頭上，所以沒有再吭聲。

就這樣，鐵路職工把我帶到了伊莉莎白村。我都形容不出，貝蒂娜姑媽看到我像一個髒乞丐一樣站在她面前時，是多麼驚訝！更壞的情況是，她付了十六里拉二十分的罰款，給那個職工的小費還沒有算在內。

「我的上帝！這是怎麼回事？」當她聽出是我的聲音後叫了起來。

「貝蒂娜姑媽，妳知道，我對妳總是說實話的。」我對她說。

「好孩子，告訴我是怎麼回事……」

「我是從家裏逃出來的。」

「從家裏逃出來？怎麼，你離開了爸爸、媽媽和你的姐姐……」

但她講到姐姐時突然停了下來，好像有什麼不舒服似的。大概是想起了姐姐不願讓她參加舞會的事了。

「當然，上帝都討厭這些女孩子們！……快到家裏來，我的好孩子。我給你洗個澡，看你簡直就像是個賣煤的。洗完澡後再告訴我事情的經過……」

姑媽家裏養了一隻捲毛老狗，牠對姑媽很親熱，窗臺上放著一盆龍膽草，姑媽對它總是充滿著感情。我看了一下它們，跟上次來得時候一樣，一點變化都沒有。

我洗完澡後，貝蒂娜姑媽發現我有點發燒，就把我抱到床上。儘管當時

加尼諾到了伊莉莎白村

我更想對她說，要緊的是先弄點吃的。

姑媽嘟嘟囔囔地責備了我幾句，但她最後說，讓我好好躺著，在她這裏一切都會平安無事的。我是多麼地感謝她的好意，真想讓她嘗一嘗我的小杏仁餅。餅放在褲袋裏，我請她拿出來，這樣我也可以吃一點。

當貝蒂娜姑媽把手插進我褲袋後，手都難以拔出來了！

她說：「這褲袋裏盡是漿糊！」

怎麼回事呢？原來我褲袋裏裝的噴香的杏仁餅，在小崗亭裏都被雨淋濕了，變成了一褲袋的漿糊。

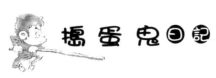

姑媽陪著我，一直陪著我。由於疲勞，我很快就睡著了……當我醒來時，第一件事就是想到你，我的日記。你一直陪伴著我，是我忠實的朋友。你與我一起度過了許多不愉快的時刻，與我一起冒險……

今天早上，由於我開了一個好心的玩笑，結果弄得姑媽很不高興。其實，我開玩笑的動機是想讓她高興高興。

我已經說過，姑媽對那盆龍膽草很有感情。她把它放在窗臺上，每天一

見到加尼諾時貝蒂娜姑媽的表情

早起來就給它鬆土、澆水。她對它有多好，我只要舉一個例子就夠了：她甚至還與它一塊聊天。她對它說：「啊！我親愛的，現在我去弄水給你喝！太好了，我親愛的，你長高了！」這是她的癖好。人們說，老人都有某種癖好的。

今天早上，我起得比她早。走出門口，看見了姑媽窗臺上的龍膽草，於是我有了一個想法，就是設法讓它長得快一些，這樣可以讓姑媽高興，因爲她十分喜愛這盆龍膽草。

我輕輕地、輕輕地把花盆捧下來，把裏邊的泥土掏空，然後把一根又細又直但很結實的小木條繫牢在龍膽草的主莖上，再讓小木條的一端穿過花盆

下面的小孔。這種小孔任何花盆都有，是澆水時滲水用的。

接著，我用土把花盆重新填滿，把龍膽草鋪好，使得姑媽一點都看不出它被動過。我把花盆放回窗臺上原來的地方。窗臺是用木板釘成的，小木條能在木板的縫隙中上下移動。我蹲在窗臺外邊，把小木條的另一頭握在手裏，等著姑媽起床。

連五分鐘都不到，貝蒂娜姑媽就打開了窗子，開始與龍膽草聊了起來。

「哦，我親愛的，你好嗎？哦，可憐的，」姑媽看了它一會兒說，「你有一片葉子斷了……大概是那隻貓弄斷的，這隻畜牲……」

我躲在窗臺底下，一動也不動，而且不能笑出一點聲音來。

「你等一會兒，等一會兒，」姑媽接著說，「我去拿把剪刀，我要修一修，看你還有乾枯的地方沒有。我要把你的葉子扶起來……這樣對你的健康是有害的，你知道嗎？我親愛的小寶貝……」

當她去拿剪刀時，我把小木條往上捅了一點。

「來了，我親愛的！我來了，親愛的！……」貝蒂娜姑媽回到了窗臺邊。

突然，姑媽的嗓子變了聲，她叫了起來。

「你知道我要對你說什麼嗎？你長高了！……」

我想大笑，但忍住了。這時姑媽用剪刀一邊修著龍膽草，一邊又和它聊著天。

「是的，你長高了……你要告訴我，是什麼使你長高的？是清澈和新鮮的水？我每天早上替你澆的……現在，親愛的，我再替你澆點水，這樣你可以長得更快一點……」

她去拿水了。這時，我又把小木條向上捅了幾下，爲的是讓姑媽看到它

簡直變成了小樹。

這時，我聽見她大叫起來，並聽見好像什麼東西掉到地上了。

「哦，我的龍膽草……」

姑媽看見她的寶貝龍膽草一會兒就長成這個樣子，又驚訝又害怕，手上的水杯掉到地上摔碎了。

接著我聽她說：「這簡直成了奇蹟！我的費爾蒂納多，我崇拜的費爾蒂納多！難道是你的靈魂附在這棵你送給我的龍膽草上？難道你也在為我的生日高興？」

我聽不懂她話的意思，但是，我覺得她說話時的聲音是顫抖的。為了使她更驚訝，我用勁把小木條向上不斷地捅；而姑媽看到龍膽草不斷地長高，也不斷地發出「啊！啊！啊！」的驚嘆聲。這時，小木條突然遇到了什麼障礙物，也許是我用力過猛，結果把花盆給弄倒了。花盆掉到地上摔成了碎

片。

我抬起頭，看到姑媽的臉色嚇人。

「啊！是你！」她聲音發抖，馬上離開窗臺，提著棍子跑了出來。

我撒腿就往田野裏跑，後來又爬到一棵無花果樹上，吃了許多無花果，肚子脹得都快爆炸了。

當我回到姑媽家時，看到窗臺上又擺了一盆龍膽草。我想，姑媽補種了這棵龍膽草後，氣大概也消了。走進客廳，我看見她正在與郵差說話。她一看見我，就遞給我兩份電報，並用莊重的語氣對我說，「這兩份電報，都是你爸爸打來的。一封昨天晚上就到了，由於郵局已經下班，所以沒有送來。另一份是今天早上來的。你爸爸急壞了，他不知道你逃到什麼地方去了。我已經給他回了電報，讓他乘下班火車來接你走。」

當郵差走後，我想使姑媽消消氣，便用帶哭的腔調跟她說話。我用這種腔調說話，通常都能收到很大地效果。這樣做，可以使姑媽覺得我是個肯悔過的孩子。

「親愛的姑媽，請原諒我做的事情……」

但是，她憤怒地回答我：「你不感到羞恥嗎！」

我用帶哭的腔調接著對她說：「不過，我不知道你的這棵龍膽草是費爾蒂納多靈魂的化身……」

這句話使姑媽改變了對我的態度。她的臉變得像農民的火雞一樣紅，結結巴巴地對我說：「快別說了，快別說了……你答應我不要跟任何人提起我早上說的話。」

「是的，我向妳保證。」

「那麼，從現在起，我們誰都不提過去的事，我還要勸你爸爸原諒你……」

Angiolino
昂基奧利諾

questa è la Geppina
賈比婭

爸爸一定會乘三點鐘的那班車來，因為下午只有這班車。想起他來，我就有著某種恐懼感……

這時，我被關在餐室裏，聽著門口傳來貝蒂娜姑媽尖尖的叫罵聲。她正與一位農民的老婆一塊在生我的氣。姑媽不斷地罵著：「畜牲！沒有好下場！」

這都是為什麼呢？就是因為我與農民的孩子幹了搗蛋的事。可是世界上所有的男孩子都會這樣做的，有什麼值得大驚小怪的呢？我覺得很倒楣，我的親戚們都不懂得男孩子有他們玩的權利，結果，我只得待在屋子裏，聽她們罵我畜牲、沒有好下場等等。不過，我卻希望貝蒂娜姑媽去看看我弄的那個動物園，動物園裏有不少兇惡的野獸，我自以爲弄得很成功。

我弄一個動物園的想法是這樣來的：有一次，爸爸帶我到奴馬．哈瓦動物園去。從那以後，我老是想著那個地方，因爲在餵食時，那些獅子、老虎的吼叫聲，以及許許多多關在籠子裏走來走去的野獸又噓氣又搔癢的情景，給我留下了深刻的印象，很難忘懷。

從此以後，我就非常喜歡自然、歷史。我家裏有一本費古伊的畫冊，裏面全是關於動物的畫，我經常看它。那些畫很有意思，我一次又一次地把它們臨摹下來。

昨天，在回姑媽家的路上，我看到附近農場裏有兩名工人正在漆油漆。他們把百葉窗漆成了綠色，把牲畜欄的門漆成了紅色。因此，我在今天早上打碎了龍膽草花盆後，腦子裏就冒出了弄個動物園的想法。我首先想起了昨天看見的油漆工人的油漆罐，覺得裏面的油漆，對我所籌劃的動物園是很有用的。

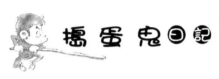

於是，我找姑媽家附近農民的孩子昂基奧利諾商量。他是一個年紀和我差不多大的孩子，只是沒見過什麼世面。所以，我講給他一些事情聽時，他總是驚訝得張大了嘴巴。昂基奧利諾很聽我的話。

「你願意在農場裏看到奴馬．哈瓦動物園嗎？馬上你就可以看到了！」我對他說。

「我也願意看！」他的小妹妹賈比婭大聲說。

「我也要看！」比埃特利諾說。他是一個兩歲半的小孩，還經常用手和膝蓋在地上爬。

比埃特利諾

這個農民家只剩下三個孩子，他們的爸爸、媽媽和哥哥都到田地裏幹活去了。

「好吧！……」我說，「但必須把油漆罐拿來。」

「現在可是個好機會，」昂基奧利諾說，「油漆工都回家吃午飯了。」

我和他到了農場裏，那兒一個人都沒有。房子旁有一把梯子，梯子下面放著兩隻裝滿油漆的罐子，一罐是紅漆，一罐是綠漆，還有一把粗得像我拳頭一樣大小的油漆刷子。

昂基奧利諾捧了一罐，我捧了一罐，並把刷子也拿走了。我們回到他家院子裏，比埃特利諾和賈比婭正焦急地等我們回來。

我說：「先從獅子開始。」

就是爲了這個，所以我從姑媽家把比昂基諾也帶來了，牠是深受姑媽鍾愛的那條老捲毛狗。我在牠脖子上套了一根繩子，把牠繫在院子裏一輛馬車的車轅上，開始在牠的身上塗上紅漆。

爲了使這些孩子們對我介紹的這種動物有個確切的印象，我對他們說：「獅子眞正的顏

色是橘黃色的。但是，我們沒有這種顏色的漆，所以就只好把它漆成了紅的。實際上這兩種顏色也差不了多少。」

比昂基諾很快就完全變了一個模樣，變得讓人都不認識了。我把牠牽到太陽下去曬，並考慮下一個動物是什麼。

離我們不遠，有隻羊正在吃草，我把牠牽來，繫在狗的旁邊。我說：

「我要把它變成一隻老虎。」

我取出一些紅漆和綠漆，把它們調起來。爲了使牠看起來像一隻孟加拉虎，就像我在奴馬動物園裏看到的一樣，我在羊的背上塗了一條一條的斑紋，但牠的臉卻塗不成像眞的老虎那麼可怕。這時，我聽到了豬叫。我問昂基奧利諾：「這兒還有豬？」

「有，但只是一隻小豬。你看，加尼諾，牠在豬圈裏。」

我從豬圈裏把牠拖了出來。這隻小豬很肥，皮膚是紅色的，很漂亮。

我自言自語地說：「這隻豬能變成什麼呢？」這時，昂基奧利諾說，

「可以把牠變成一隻大象嗎？」

我笑了。

「你想看大象？」我問他，「但是，你要知道，象是很大的，有這間房子這麼大。還有，用什麼來做牠的長鼻子呢？」

這些話講得三個小孩都笑了。最後，昂基奧利諾問我：「加尼諾，你說的那個長長的東西是什麼？」

「它是一根很長的鼻子，長得跟車轅一樣。大象用鼻子搬東西，能把很重的東西舉起來。當孩子們對牠不禮貌時，牠就用鼻子噴水趕孩子。」

無知是多麼可憐啊！農民的孩子都不相信我說的，一個個都在傻笑。

「這隻豬能變成什麼呢？」我想了又想，最後才有了主意。我大聲說：「你們要想知道我將要幹什麼嗎？我要把這隻豬變成一條鱷魚！」

車上有一條蓋馬用的布，我把布的一頭裹在豬的肚子

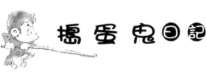

加尼諾弄的動物園

上，然後一圈一圈地朝後繞，餘下的拖在豬的身後。接著，我又像捲香腸一樣把餘下的布捲緊，使得它像一條鱷魚的尾巴。然後，我用綠漆把豬和裏著的布都塗成了綠色，結果還眞有點像條鱷魚呢！

我把這隻野獸也繫到馬車的車轅上後，又想起一種動物來。我從牲口棚裏牽出一頭驢子。這頭驢子的毛是灰色的，我想把牠變成一匹斑馬。我在牠身上、腿上、嘴上塗了許多紅綠相間的細條，很快地就使一頭灰色的驢子變成了一匹奇異的斑馬。我也把牠與其他動物繫在一起。

要使場面熱鬧些，還缺少一隻猴子。正好比埃特利諾像隻猴子一樣又吵又鬧，我就想到了他。我用一根小布條搓成一條尾巴，拴在他裙子裏面的褲帶上。

爲了使場面顯得自然，我想把猴子放到樹上效果肯定會更好。於是，在昂基奧利諾的幫助下，我把比埃特利諾放到了院內一棵樹的樹杈上，還用繩子把他縛住，以免他掉下來。

這樣，我的動物園就建成了。我開始講解起來：「先生們，請看：這隻

四條腿、渾身有著一條一條斑紋的是斑馬。牠是一種奇異的野獸，像馬而又不是馬，吃東西時、踢起腿來時像驢子，但又不是驢子。牠生活在非洲的草原上，吃的是那個地方長的一種巨大的植物——荷蘭芹。爲了躲避可怕的馬蠅，牠總是跑到這兒又跑到那兒。馬蠅是熱帶地區一種像蝙蝠那麼大的昆蟲……」

「那麼，旁邊的呢？」昂基奧利諾問道。

「肯定要講的！」我回答，「但你不應該說話。在介紹一種兇猛動物的時候是禁止觀眾打斷的，因爲這樣很危險。斑馬旁邊的動物是孟加拉虎，牠生活在亞洲和非洲以及其他地區，會傷人，也會吃猴子……」

我講到這裏時，比埃特利諾在樹上哭了起來。我一看，原來是用來綁他的繩子鬆開了，他被吊在那裏，眞像一隻眞正的猴子。

我馬上抓住了這個機會，讓觀眾注意我動物園中的這種新動物。

「大家聽到了吧！先生、女士們。猴子一聽到老虎就叫了起來。這是有道理的，因爲牠們經常是這種兇猛動物的犧牲品。你們看到樹上的這種動物就

是我們通常說的猴子，牠們生活在原始森林裏，老是待在樹上。這種古怪而又聰明的動物有個壞習慣，就是喜歡模仿動物的動作，正因爲如此，動物學家給牠們起名叫猴子（猴子這個詞在義大利語中是模仿的意思，它是從動詞模仿衍生出來的），猴子！向這些先生們致意！……」

但是，比埃特利諾並不懂向觀眾致意，他繼續哭著。

我對他說：「最好請你抹去鼻涕……現在我們再看看獅子這種高貴而雄偉的動物。把牠叫做森林之王是完全有理由的，因爲牠的外表以及牠非凡的力量，使得所有的動物都怕牠。牠能一口吃掉一頭牛。當牠肚子餓時，是不懂得尊敬人類的。但牠並不像其他動物那樣兇猛，把傷人當兒戲；相反地，牠是一種很善良的動物，書上也講到這一點：有一次，在佛羅倫斯的大路上，一隻獅子遇到了一個迷路的小孩。牠小心翼翼地抓起小孩的衣領，慢慢地在馬路上尋找著小孩的媽媽……」

關於獅子還有許多可說的，但是，既然比埃特利諾在樹上又哭又鬧，而且像要掉下來似的，於是我開始來講鱷魚。

「先生們，請看這隻可怕的兩棲動物，牠既可以生活在水中，又可以在岸上活動。牠居住在尼羅河兩岸，在那裏，牠追趕著周圍的野獸，能使牠們像小薄荷片一樣地消失在牠巨大的口中……牠叫做鱷魚，身上覆蓋著鱗甲，這種鱗甲就像我們在咖啡館裏看到的新鮮椰子殼那樣堅硬。這些鱗甲是用來防備出沒在附近地區的兇猛動物的……」

我說完這番話後，打了一下豬的胯部，豬沒命地叫了起來，觀眾都笑得喘不過氣來。

「先生、女士們：捕捉鱷魚是非常困難的。由於牠身上的鱗甲是那樣的堅硬，就是刀劍都會被它弄鈍，槍對它也沒有用，因爲子彈一打到牠身上就飛了。但是，勇敢的獵人卻想出了非常聰明的辦法來捕捉牠。他們把一根兩頭都削尖了的短木棍的中間繫上一根繩子，用這種武器去捕捉……」

爲了使這兩個可憐無知的孩子對怎麼抓鱷魚有些印象，我找了一根短木棍，用鉛筆刀把兩頭都削尖了，然後用根繩子繫在棍子當中。做完捉鱷魚的武器後，我走近豬的身邊，想辦法讓牠張開嘴巴，然後勇敢地把木棍塞進了它的嘴巴裏，接著我繼續解釋：

「就是這樣，在鱷魚打哈欠的時候（我補充一句，鱷魚是經常打哈欠的，因爲牠只能在尼羅河兩岸逛來逛去，所以牠十分厭倦周圍的環境。在那裏，有的動物就是這麼煩惱死的），獵人就把兩頭削尖的木棍扔進這種兩棲動物巨大的嘴巴裏。接著發生了什麼情況呢？鱷魚在閉嘴的時候，棍子的兩頭就戳穿了牠的雙顎，就像諸位先生你們看到的這樣……」

實際上是，豬在閉嘴的時候嘴巴被木棍戳破了，疼得嗥叫起來。

講到這裏，我一回頭，看見昂基奧利諾的爸爸、媽媽正從田裏氣喘吁吁地跑來。

「啊呀！我的豬……」他爸爸叫道。

昂基奧利諾的媽媽伸出手去接掛在樹上的比埃特利諾，並放聲哭了起來：「啊！我可憐

的小祖宗啊！……」

沒辦法，農民是無知的，因爲他們把什麼事都誇大了。他們發起脾氣來恨不得把孩子們都掐死，而不是像我這樣去想辦法開導他們，使他們擺脫愚昧，把他們沒見過的事情講給他們聽。

但我明白，要和他們講理是很困難的。爲了快點逃脫這頓罵，我把拴驢子的繩子鬆開，跨上驢子，打了牠一下，順著來時的路就跑。老捲毛狗也跟著驢後面拼命汪汪地叫。

跑了一陣子，我終於回到家了。姑媽跑到門口，看見我騎在驢子上，驚訝得叫了起來：

「唉呀！你在幹什麼？……」

突然，她看見了渾身紅漆的比昂基諾，嚇得朝後退了一步，好像見到了眞獅子一樣。但是，她馬上就明白過來了，她捶胸頓足，全身像葉子一樣哆嗦起來，嘆著氣說：「唉，我的比昂基諾，親愛的比昂基諾，我可憐的，我心愛的，你怎麼變成了這樣！哼！肯定是這個流氓幹的……」

我一見她火冒三丈，馬上就跳下驢子，飛快地跑進了家門。

「你就等著你爸爸來把你接走吧！」貝蒂娜姑媽說著，在外面把門給鎖上了。

過了一會兒，我聽見比埃特利諾的媽媽也來到了姑媽家，她向姑媽講了我剛才幹的事，但把每件事情都誇大了。她說豬嘴被捅出了血，比埃特利諾被弄得非常可憐等等，也就是說，我要對這些事的後果負全部責任。她不斷地嘮叨著：「你想一下，女主人，如果我的比埃特利諾萬一從樹上掉下來，那將是多麼可怕呀！……」

還是讓我來說吧，應該原諒無知的人，他們是沒有罪過的。過不了幾分鐘爸爸就要來了，我希望爸爸能說句公道話。……

十月十八日

到家了，回到自己的房間裏是多麼讓人高興啊！……正如諺語裏說的那樣：

我的家，我的家，
你雖然窄小，
但像寺院那樣高雅……

現在應該講一講昨天離開姑媽家的情況。這一天麻煩事可眞不少啊！……

我剛剛停筆，爸爸就到了姑媽家。貝蒂娜姑媽從頭到尾給他講述了一遍我的英雄事蹟（她是這麼說的），目的在於把事實誇大，把一切都歸罪於我。

我用腳踢著門，大聲地叫著：「放我出去，我要見爸爸！我要……」

貝蒂娜姑媽把我從屋子裏放了出來，我向爸爸撲去，雙手捂住了臉，這時我的確很激動。

爸爸對我說：「壞東西，你就不想想你做的事讓人多麼著急！……」

「小壞蛋！」貝蒂娜姑媽罵道，「你看看他把我可憐的比昂基諾弄成了什麼樣子！」

「哈！」爸爸看著滿身是漆的狗，笑著說，「眞有意思！」

「是他幹的！狗身上的漆洗都洗不掉……我可憐的比昂基諾啊！」

「有什麼關係呢？」我用哭喪的聲調嘟囔著，「從今以後，叫牠小紅狗不就行了……」

「你說什麼？」貝蒂娜姑媽尖聲叫了起來，她氣得直發抖，「這個厚顏無恥的，從一清早就惹我生氣……」

「我究竟幹了什麼啦？我是拔起了龍膽草，但我並不知道它是費爾蒂納多先生送給你的生日禮物，也不知道龍膽草身上附著他的靈魂……」

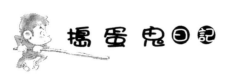

「住嘴！」貝蒂娜姑媽火了，打斷了我的話，「你走吧，記住今後別再跨進我家的門！」

「別說了！」爸爸厲聲吆喝我，但我發現他那小鬍子下面的嘴角卻含著笑意。

接著，他與姑媽小聲說著話。我聽見姑媽老是提到姐姐露伊莎。最後爸爸拉著我的手與姑媽告別，並對她說：「那麼，我們走了。那是小孩子搬弄的是非，妳別太認眞了。妳怎麼沒參加那個重要的家庭舞會就走了？」

當我們坐在火車上時，我對爸爸說：「爸爸，你知道，火車上的情況眞是糟透了，你講的是對的。」

我把我在火車上的遭遇，以及他們讓我賠玻璃的事全告訴了爸爸。

爸爸責備了我幾句，但我知道他心裏是同意我的看法的。這也很自然，因爲我也同意他的看法。

現在我與大家都和好了，我感到很幸福。

昨天晚上，一大群人都在車站等著我：有親戚朋友，還有我熟悉的其他人。他們都是特意來車站迎接我的。我聽到這兒也喊加尼諾，那兒也喊加尼諾……我覺得自己好像是一個打了勝仗、凱旋歸來的軍人一樣。

一個從家裏逃跑的男孩，當他回家時受到這麼熱烈的歡迎，倒眞是件好事情。

另外一件事也使我很高興。我的姐姐要嫁給柯拉爾托醫生了。婚禮將在五天後舉行，一定會很隆重的，筵席上將有許多各式各樣的甜食可吃。

巴爾迪博士曾答應收柯拉爾托醫生當他的助手，但柯拉爾托等得不耐煩了，便在羅馬一家醫院爭到了一個助手的工作。他決定和我姐姐結完婚後一同去就職。不過，那家醫院的名字我卻記不清了。

不過，這件事又使我很掃興，因爲我對露伊莎姐姐很好，對柯拉爾托醫生也不錯。柯拉爾托是一個活潑開朗的人，經常和我鬧著玩，而且和他開玩笑不用擔心他會生氣。

十月十九日

我是多麼高興啊！昨天晚上，柯拉爾托醫生送給我一盒很漂亮的顏料，並對我說：「拿著，你有繪畫的才能，可以練習水彩畫了……」

姐姐撫摸著我的頭，接著說：「這樣一來，當你畫畫的時候，就會想到遠離你的姐姐了，不是嗎？」

我姐姐說這些話時聲音充滿著感情，以至我激動得都要哭了。

我終於有了一盒顏色齊全的漂亮顏料了，這是我嚮往很久的。我高興死

了，高興得跳了起來。我回到自己的房間，關上了門，我想把自己的歡樂告訴我的小日記，再畫上我在貝蒂娜姑媽家弄的那個動物園，和我被關在餐廳裏等爸爸的畫。

畫完後，我把畫拿給柯拉爾托看，他說：「眞不錯！看上去，這些畫像喬托時代的畫。」

這時我說：「要是我沒有想弄一個動物園的想法，就不會畫出這樣的畫來！」

好了，就這麼辦。既然柯拉爾托送給我一件漂亮的禮物，那麼我也要以某種形式感謝他一番。

我有了一個想法……不過，我需要三、四個里拉來實現它。

明天再說吧！

十月二十日

今天早上，露伊莎把我領到了她的房間裏。她親著我，含著眼淚送給我一個漂亮的銀幣。她像往常一樣對我說要好好的，不要頑皮搗蛋，因爲家裏的人都在忙於準備婚禮，沒有誰能來照顧我。……

我總是點頭答應著。露伊莎是姐姐中對我最好的。

我拿著銀幣，出門去執行我的計畫。

我買了十二個帶響的火箭炮，六根羅馬蠟燭和各式各樣的煙火。我將用這些東西，在院子裏慶祝姐姐的婚禮。

在我看來，現在拿出來太早了。於是我把它們藏在媽媽的衣櫃中，要是被他們發現了又要大驚小怪了。

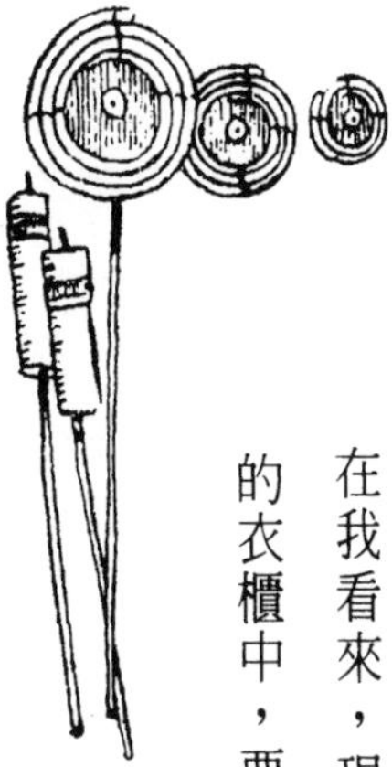

十月二十四日

這一天終於來到了。

從二十日起，我就抽不出一點時間在日記本上寫上一行字。我實在太忙了！

這些天我發現，每逢家裏有隆重的活動，男孩子是非常有用的。大人會很有禮貌，很和氣地請他們幫助做事。

「加尼諾，你到這兒來！」、「加尼諾，你上那兒去！」、「加尼諾，請你上樓來！」、「加尼諾，請你下來！」這個人要線團，那個人要一束綢子；有人要塊布，有人要我到郵局裏去取信，有人又要我去發電報，弄得我團團轉。

總之，到了晚上我累得要命。但是，爲了姐姐的未來，我是心甘情願的。

這一天終於到來了！今天要舉行婚禮。晚上我要放煙火，以此表明男孩子也是懂得感情的，也知道感謝他們送我禮物的。

貝蒂娜姑媽也來參加婚禮了，這樣，她便與大家和好了。露伊莎期待著貝蒂娜姑媽把祖母留給她的一只鑽石戒指當禮物送給她，但得到的卻是一條藍黃色的羊毛毯，是貝蒂娜姑媽親手織的。

露伊莎很不高興，我聽見她對維琪妮婭說：「這個記仇的老太婆，因爲那次舞會的事，想報復我們……」

不過，我姐姐還是收到了許多親朋好友送的禮物。

我不用說餐桌上放有多少甜食了！東西多得簡直讓人看了眼花撩亂！但是，其中最好吃的是塗奶油的薄餅。

* * *

大家都已準備好了，過一會兒就要到市政府去。但貝蒂娜姑媽突然決定不去市政府，要乘半小時後的那班火車回家去。

誰也不明白她爲什麼突然做出這樣的決定，因爲大家都特別注意不得罪她。媽媽請她坦率地說是誰不小心怠慢了她，可是她咬牙切齒地說：「我走，因爲我在這裏是多餘的。妳對露伊莎說，如果她尊敬我的話，請她把毯子還給我。」

她說完就走了。

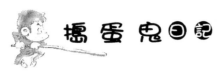

好在只有我一個人知道貝蒂娜姑媽突然走的原因，但是我不說，要不然將使姐姐大爲掃興。

就在一小時前，我對貝蒂娜姑媽說：「親愛的姑媽，我給妳提個建議好

嗎？最好妳把送給露伊莎姐姐的羊毛毯拿走，換上我姐姐經常掛在嘴邊想要的鑽石戒指，這樣她就更體面了，而且我姐姐也再不會叫妳是討厭的老太婆了。」

應該承認，姑媽這次做得非常漂亮。她大概知道自己是做錯了，所以接受了我的建議，趕緊回家去取鑽石戒指。這樣一來，露伊莎姐姐也會高興極了！要知道，這一切都是我的功勞。

這樣一個好弟弟，還有什麼可說的！

* * *

我的日記，我太絕望了！當我被關在自己的小房間裏時，我感到只有把悲哀向你傾訴，心裏才會好受一些。

爸爸把我關在這裏，大罵了我一頓，還踢了我幾腳。他踢得這麼重，以至我的屁股又疼得只能用半個屁股坐著，而且五分鐘後就得換另外半個……大人就是用這種辦法來教育男孩子的！

我想不通，難道這是我的過錯嗎？要是柯拉爾托按照他計畫的那樣，與姐姐露伊莎待到晚上，而不是在六點鐘乘火車走的話，那麼，我也許就不會挨揍了。

我究竟做了什麼呢？不過開了一個玩笑，開了個普普通通的玩笑。如果柯拉爾托膽子大一些，大家不跟著起哄、喧嘩的話，那不就沒事了！

眞是一場鬧劇！

由於他們提前要走，晚上放不成煙火了，我想至少要點一個來慶祝他們的婚禮。我挑了一個最小的，會旋轉的鞭炮放到口袋裏，準備等到適當的時候再放。

當新娘新郎從市政廳出來時，我在他們後面跟著。他們當時是那樣的激動，連我跟在他們後面都沒有發現。當時，也不知道我是怎麼想的，就把鞭炮插到柯拉爾托衣服後面的扣眼上，劃了一根火柴把它點著了。

我不可能把當時的情景再描寫一遍……還是用顏料把這場面重現出來吧！這顏料是柯拉爾托送給我的禮物。因爲他對我好，我十分感激他，才花掉了他夫人——也就是姐姐給我的銀幣，爲了買煙火……

眞是一場鬧劇！當鞭炮在柯拉爾托衣服後面的扣眼上轉的時候，他嚇得大叫起來。他不知道究竟是怎麼回事；露伊莎也幾乎暈了；所有參加婚禮的人都驚恐萬分……我玩得高興極了！突然爸爸在一片混亂中揪住了我的耳朵，把我送回我的小房間裏，又是罵又是打。

在這混亂的時刻，我感到自己像是一個謀殺沙皇的英雄。

但是，我絲毫沒有想害柯拉爾托的命，只是想跟他開個普普通通的玩笑，以表達我的喜悅。眞的，我沒有一絲惡

意，如果在場的人們勇敢一些的話，就會以一場大笑來結束。

遺憾的是，孩子良好的願望從來就沒被承認過。我就是個例子！我被關在這裏，作爲大人誇大事實的無辜的犧牲品。我被罰只能喝水和吃麵包，而他們卻在樓下大吃大喝，把甜食都吃光了！

* * *

一整天哪！

我聽見了馬車的聲音，它載走了新娘和新郎。接著又聽見卡泰利娜唱歌的聲音，她一邊整理著盤子，一邊唱著她唯一會唱的《大路》歌：

在那海灘上，
看著遙遠的地方……

所有的人都興高采烈，大家都在飽餐，而我卻在這裏受罰，只有清水和麵包。爲了慶祝我姐姐的婚禮，我的感情太衝動了，結果落到這種地步！

最壞的情況是在晚上，我沒有蠟燭，也沒有火柴。想起我要孤零零地待在這兒，我就害怕得發抖。現在我體會到了可憐的謝爾沃・貝利科（被奧地利囚禁的義大利愛國者。）和那些被迫害的人的處境……

靜！我聽見門口有動靜，有人在房門外……

* * *

當我聽到開門聲的時候，便躲到了床底下，因爲我害怕爸爸又來打我。結果，來的不是爸爸，而是我親愛的姐姐阿達。

我從床底下爬了出來，激動地擁抱她，但是她馬上對我說：「千萬別出聲，爸爸出去一會兒就回來，要是他知道我上這兒就壞了！……拿著！」

她遞給我一塊夾肉麵包和一包糖果。

我總是說，阿達姐姐是姐姐中最好的，因爲她憐憫男孩子們，也不對他們進行令人煩惱的訓話。

她還給我帶來了蠟燭、火柴和一本薩爾加利寫的《黑色的海盜》的書。不錯……至少我可以用讀書來忘掉我所受的冤屈！

十月二十五日

天剛亮。

我幾乎看了一整夜的書。這個薩爾加利眞是個了不起的作家！書寫得眞好。……它至少沒有像《未婚夫婦》那本書裏出現的那麼多無休止煩人的描寫。當一個海盜該有多好啊！特別是當一個黑色的海盜！

我讀到了許多冒險的故事，一個比一個奇特。讀著讀著，我覺得腦子裏突然想起了什麼……我可不能老待在這間小屋子裏，應該幹一件偉大的事情，給那些迫害者留下深刻的印象：在某個時候，一個男孩也能成爲英雄，只要他有黑色海盜那樣的膽量……

現在讓我想一下，我將做什麼……

十月二十六日

我還在我的小房間裏，遺憾的是生病了。現在剛有點力氣寫下昨天早上發生的事情。

我記得很清楚，我用鉛筆刀把床單割成一條一條的，然後連接起來。我把這條用床單做成的繩子一頭拴在桌腿上，攥著另一頭，勇敢地從窗外往下溜走。

但是，這時我的記憶模糊了。我的頭被摔了，這是肯定的。但是在哪兒摔的呢？好像是先碰到水管上……後來又摔到了地上……大概是床單的結鬆

開了……要不然就是在桌腿上沒綁緊……總之，摔得我糊里糊塗，只是覺得突然眼冒金星，後來就一片漆黑了！

唉！我記得當我睜開眼睛時，已經躺在床上了。我看見爸爸在房間裏走來走去，舉著雙拳說：「沒有辦法了！沒有辦法了！這孩子讓我絕望透頂了！他將把我也給毀了！……」

我想請求他寬恕我摔了腦袋，但是我不能講話。

後來醫生來了，他替我小心地包紮著傷口，對正在哭泣的媽媽說：「別害怕……你兒子皮厚，不怕摔……」

不過，爸爸、媽媽和姐姐們一刻都沒有離開我，過一會兒就問我：「現在好點了嗎？」

誰也不敢再指責我。

他們應該懂得，我這樣做畢竟還是有些理由的。如果把自吹小時候怎麼怎麼好的爸爸也關在房間裏，罰他光喝清水和啃麵包，我敢打賭，他也會像我一樣去爭取自由的。

十月二十九日

現在的我，確實很高興。

醫生說得對，他說我皮厚耐摔。我的傷口已經癒合了！

所有的人也都更關心、更注意我了。我聽見爸爸對媽媽說：「我們用別的辦法試試，順著他的意思來……」

他們大概很後悔用那麼嚴厲的手段來對付我，因此決定今晚帶我上歌劇院，去看著名的魔術師摩爾根的表演。摩爾根是巡迴表演才來到這裏的。

馬拉利律師也和我們一起去看表演。他戴著眼鏡，留著長鬍子。他在我家曾引起了很大的爭論，因爲他是社會黨人士。媽媽特別不能容忍他說牧師們的壞話，但爸爸卻認爲社會黨是好的，過不了多久，馬拉利律師就曾在社會上有一個好的地位，並最終成爲議員。

十月三十日

我決心長大後也要成爲一名魔術師。

昨天晚上，我在劇場裏看得太高興了。這個魔術師摩爾根眞是了不起！他變魔術變得眞好。在整個表演中，爲了發現他變魔術的秘密，我連眼皮都沒有眨。雖然許多節目實在太難了，不過我敢打賭，有的我也能表演，例如煎雞蛋的魔術、呑寶劍，還有向夫人借一隻錶，把它放到研缽中，然後再把它藏起來。

今天，我在我的小房間裏一遍又一遍地練習。等到我認爲能變好魔術時，我將到客廳表演給大家看；姐姐和來我家聊天的客人，都要交兩個里拉的門票錢。我將使所有的人都瞠目結舌，並透通過表演使他們更加尊重我。

爲了使表演更有把握些，今天，我在院子裏給我的小朋友萊佐・卡爾魯齊奧、弗羅和瑪利內拉做了一次小小的表演。

他們是奧爾卡夫人的孩子，住在我家隔壁。奧爾卡夫人寫過許多書，她總是那麼忙碌，顧不上別的。

門票價格是一個里拉。

「請哪位女士借我一隻錶。你借我一隻行嗎？」我說道。

瑪利內拉說：「我沒有，但我可以回去找找看，是否能把媽媽的那隻錶拿來。」

她跑到家裏，拿回一隻金表。

我帶了一個小研缽，這是卡泰利娜用來搗碎杏仁和糖，做甜食用的。我把奧爾卡夫人的錶扔在裏面，用杵像摩爾根那樣慢慢地把錶搗碎。錶很硬，除了錶上的玻璃馬上被搗碎外，錶的其他部分都不太容易搗碎。

魔術師魔爾根

「先生們，請注意！」我說，

「正如你們看到的那樣，瑪利內拉女士的錶已經不是原來的模樣了……」

「眞的！」大家說。

「但我要讓它變回原來的模樣！」我接著說。

實際上，我把瑪利內拉給我的錶的碎塊從研缽中倒到一塊手帕裏，包好後，迅速地把它塞進衣袋。然後，裝成沒事一樣，自然地從胸口掏出另一個小包。這是我表演前就準備好的，用手帕包了媽媽的一隻錶。我從手帕裏把錶拿給觀眾看，我說：

「請看，先生們！錶回來了！」

大家對我的表演非常感興趣，都鼓起掌來。瑪利內拉也以爲我還給她的就是她媽媽的錶。這樣，我得到了榮譽。

今天晚上，我要在家裏好好表演一番，我想一定會成功的。現在我開始準備門票了。

十月三十一日

唉，我的日記，我是多麼倒楣！

事情到目前爲止還沒有了結。因爲這事，誰都說我要進監獄。以前貝蒂娜姑媽也曾這麼說過。

我是這樣的沮喪。在家裏，大人連揍都不想揍我。媽媽把我帶回房間裏，只是簡單地對我說了幾句：

「最好你不要遇見人……求上帝憐憫你。我呢，由於你，成了世界上最不幸的女人！」

可憐的媽媽，一想起妳那充滿憂慮的臉，我就想哭……但是，從另一方面來講，難道我做的一切，哪怕連最平常的事，也會導致我的毀滅嗎？

正如計畫的那樣，昨天晚上我在客廳裏表演魔術給大家看，這件事沒有什麼不對的地方，眞的，大家都說：

馬里奧・馬利

「看看，看看，看看摩爾根對手的表演！」

在觀眾中，除了會做詩和帶糖果來的馬里奧・馬利外，還有被我姐姐稱爲瘦猴的斯都莉小姐和馬拉利律師。卡洛・內利也來了，他穿得很整齊。上次他拿到被維琪妮婭寫上「老來俏」的照片後很生氣，但兩人現在又和好了。

「我的第一個節目將是煎雞蛋！」我說。

我順手從衣帽架上取下了一頂帽子，把它放在椅子上。這椅子離觀眾還有一段距離。然後，我拿了兩個雞蛋，敲碎蛋殼，把蛋清和蛋黃倒進帽子裏，把蛋殼放在盤子上。

「先生們，請注意！現在我要先把雞蛋搗碎，然後再用火燒它們。」

我用一把匙子在帽子裏攪拌著雞蛋。根據原先想好的，我把蛋黃挑到帽沿上，又使它們滑回到帽中去。

看著我攪雞蛋的動作，內利大笑起來，高聲說：「演得挺像，眞的挺像！……」

看到大家對我的表演很感興趣，我也更起勁了。爲了使我的表演跟我看到的摩爾根的表演一樣逼眞，我說：

「現在雞蛋已經攪碎了。請哪一位先生上來拿著帽子，我來點火……」

我轉身對離我最近的馬拉利律師說：

「您，先生！能幫我拿一分鐘的帽子嗎？」

馬拉利律師謙讓了一下，他用左手拿著帽子，朝帽子裏看了一眼，大笑起來：

「我還以爲帽子裏有夾層呢，哪知道他眞的在帽子裏攪上雞蛋！……」

卡洛．內利聽後比剛才笑得更厲害，他

又說：

「眞有意思……眞逗人！……」

我非常高興地從門口端進點著蠟的燭臺，這是我預先準備好的。我回到馬拉利的身邊，讓他用右手拿著燭臺，我說：

「蠟燭點著了。現在請您，先生，把帽子舉在蠟燭上面，但當心燒著了帽子……好，就這樣！現在，當雞蛋煎熟後，我們就把火熄滅。但是，怎麼熄滅它呢？噢，我用手槍把火打滅……」

摩爾根是用眞的卡賓槍把火打滅的，而我用的是支孩子玩的手槍。這種手槍的子彈一頭是鉛的，另一頭帶著一根紅色的小羽毛。我認爲不管什麼槍都沒有關係。我握住手槍，站在馬拉利的前面。

演到這裏，是表演取得成功的關鍵時刻，我應該用手槍把火打滅，可是突然兩聲大叫使我分心了。

卡洛・內利突然發現馬拉利律師手裏拿的正是自己的帽子。他停止笑，心疼地叫了起來：

「唉呀！這是我的帽子！」

同時，馬拉利律師看見我舉著手槍，鏡片後面的眼珠子都快要瞪出來了。他說：

「槍真的上了子彈？……」

就在他說的時候，我扣動了扳機，馬上聽到了一聲喊叫：

「啊，你要殺我！……」

帽子和燭臺都從馬拉利律師的手中掉了下來，帽中的雞蛋撒在地毯上，把地毯也弄髒了。他坐在椅子上，雙手捂著臉……

斯都莉小姐快要暈過去了，其他人也都叫著，我姐姐們的眼淚像泉水一樣湧了出來。卡洛・內利撲向帽子，咬牙切齒地罵道：

「殺人犯！……」

在馬里奧・馬利的幫助下，我媽媽扶起了馬拉利律師，把他的手掰開，看見帶紅羽毛的子彈正打在他右眼附近的肉裏……

儘管我起誓，我比誰都難過，但是當時我忍不住要笑，因爲，被紅羽毛子彈打中的馬拉利的樣子十分可笑……

在一片混亂中，卡洛・內利一直都在用他的手帕擦著帽子，而且非常惱火地罵：

「這個孩子要進監獄！……」

我不敢再笑了，因爲我開始明白，事情是非常嚴重的。

馬里奧・馬利和其他人攙著馬拉利的胳膊，把他送進了客房；卡洛・內利負責去叫醫生。

我一個人待在客廳的一個角落裏，一邊抽泣，一邊回想剛才發生的事……我的景況是那樣的淒慘，一整夜都沒人理我，直到見到媽媽，正如我前面說的，她把我送回了我的房間。

看來，馬拉利律師的傷勢很嚴重。而我呢？就像大家說的那樣：將進監

獄去！……

我絕望了，頭昏腦脹，我覺得腦袋像被棍子敲碎似的……我完了，完了……

* * *

我感到好些了，睡著了。

現在幾點了？可能已經晚上了，因爲我嗅到了從廚房飄來的香味。就是這香味才使我擺脫了這死一般的沉寂，精神稍微愉快了一點。

但是，一個可怕的想法老是纏著我，這就是被審訊、坐牢和服苦役……我太悲慘了！我的家太不幸了！

我朝窗外望去，看見卡泰利娜正親熱地和切基擁抱。切基就是那個把我從水裏救出來的人。

很清楚，卡泰利娜正在告訴切基昨天

晚上馬拉利律師被打傷眼睛的事，切基聽得都入迷了。從他們講話時做的手勢來看，事情非常嚴重。我看到卡泰利娜朝天伸著雙手，越發擔心——可憐的馬拉利可能死了……

不過，我的日記，我必須坦白一件事，看到他們二人說話時打的手勢，我再也笑不出來了。

難道我眞的像卡洛·內利昨天晚上說的那樣，是一名罪犯嗎？

我的日記，奇怪的是，我一想到自己是個天生的罪犯時就想哭。因爲越想越覺得我是一個給自己帶來痛苦，也給別人造成不幸的男孩子。我不由自言自語地說：

「唉！切基那天讓我在河裏淹死就好了！」

輕點，好像有腳步聲……

啊！可能是馬拉利眞的死了……可能是憲兵來抓我這個殺人犯了……

* * *

是什麼憲兵啊！……是媽媽，是我的好媽媽給我送吃的來了。她給我帶來了馬拉利先生的消息……

啊，我的日記，我覺得心上壓的石頭落了地。

我在房間裏跳了起來，跳起了舞，高興得像個瘋子……馬拉利沒有死，甚至連死的危險都沒有。

看來，就是眼睛的問題了。他的眼睛

可能是憲兵來抓我了……

受了傷，也可能傷了神經……不過，醫生肯定地說，馬拉利不出十天就可以外出活動了。

媽媽進屋時表情很嚴肅，但走的時候也像我一樣輕鬆，因爲，她明白了事情所以這個樣子的眞實原因。

媽媽進來時我很害怕，因爲我還以爲是憲兵來了。她對我說：

「嗯，如果不發生其他問題的話，情況還不至於那麼糟。後悔你做的事情了吧？……」

我沒有說話。這時，媽媽拉著我的胳膊望著我，她沒有責備我，反而哭了：

「你看，我的加尼諾，由於你的過錯，惹出了多少不愉快的事，闖了多大的禍！……」

爲了安慰她，我回答說：「是的，我看到了。但這場禍跟我有什麼關係呢？」

她責備我說，事情是因爲我變魔術引起的。我對她說：

「但是我在變魔術的時候，客廳裏所有的人都很感興趣、很高興……」

「是啊，大家都沒有預料到你要做的事啊？後來……」

「我能預料到嗎？我又不是算命的。」

「那麼，你記得卡洛・內利帽子的事嗎？他怒氣衝衝地走了，因爲你用雞蛋弄髒了他的帽子。」

我說：「是的，這是一樁不愉快的事，因爲我隨便從帽架上取下的帽子是他的。但是當時我並不知道是他的帽子。」

「那麼，我的加尼諾，如果是別人的帽子，他就不生氣了嗎？」

媽媽是這樣說的，我正等著她的這句話。

「是的，對於卡洛・內利來講就不會生氣了……事實上，他發現我根本不會變魔術，而且帽子已經弄髒了。但是，卡洛・內利卻捧腹大笑，因爲他以爲帽子是別人的，並說『啊！這太棒了！眞有意思！』但是，當他發現帽子是他本人的時候，就說我是一個天生的罪犯……大家都是這樣的！……馬拉利先生也在笑，他覺得挺好玩，因爲他看見帽子不是他的，要不是子彈打中了他的眼睛，他將會高興得不得了……但不幸卻打到了他。這樣，大家都把責任歸罪於可憐的加尼諾，一致嚷著『加尼諾該進監獄……』，事情總是這樣，大家也都是這樣，連貝蒂娜姑媽也這樣說……說穿了，我做了什麼壞事了？我不過把一棵不值幾個錢的龍膽草拔了起來……我生來就是罪犯，因爲這棵龍膽草是個叫什麼費爾迪納多送給貝蒂娜姑媽的，據她說，這棵植物裏有這位先生的靈魂……」

我說到這裏，媽媽好奇地打斷了我的話，問我：

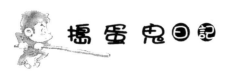

「什麼，什麼！慢慢從頭講起，貝蒂娜姑媽是怎麼說的？……」

媽媽要我把龍膽草的事從頭到尾說一遍。我就把貝蒂娜姑媽說的話，一句一句重複了一遍。媽媽聽後笑了，她對我說：

「你在這裏老老實實地待著……一會兒我還要來。要是你聽話，我給你帶點罐頭魚當點心。」

媽媽下樓了。我聽見她在叫阿達和維琪妮婭，並說：

「來！我告訴你們一椿新聞！……」

不錯，我總是說，在所有人當中，媽媽是最講道理的，她能區別什麼事是不小心做的，什麼是惡作劇。

阿達給我端來了飯菜。她也想讓我講貝蒂娜姑媽和龍膽草的事。

她給我帶來了好消息。一個小時前醫生來過，他說，馬拉利律師的病情不嚴重，不過至少還要在病房裏待上一個星期。

我知道，在病房裏待上一個星期不是件好受的事，但更不好受的是沒病卻要關在房間裏，就像我被迫待在這裏一樣。

需要有耐心。阿達對我說，爸爸非常生氣，他不願意再看見我。因此，需要等他氣消了。到那時，媽媽在旁邊說點好話，事情就會平安過去的。

這時我上床了，因爲我感到很疲倦。

十一月二日

今天，當爸爸出去後，阿達來告訴我馬拉利的消息，說他的傷一天比一天好轉。她還對我說，如果我想到客廳裏轉轉也可以，條件是待半小時就得回房間。

我非常願意下樓透透氣。過了一會兒，奧爾卡夫人來看媽媽。她的到來使我非常高興。她說我長高了，有一雙聰明的眼睛，此外，她還說了許多媽媽們談論孩子的話。

這時，維琪妮婭姐姐進來了。她認爲我最好馬上走開，說我太讓人操心了。她說起前天晚上發生的事，她在講這件事時，自然用的又是那套誇大其詞的手法，亂說一通，可憐的犧牲品（她這樣稱呼律師的）弄不好將會終生瞎掉一隻眼睛。

但是，奧爾卡夫人是位作家，是個很有教養的人。她說，受害者是讓人

奧爾卡夫人

同情的，但這不過是件倒楣的事。我馬上接著說：

「我敢說，這場禍是他自找的。因爲，如果律師照著我說的那樣站著不動，我就不會打錯目標……」

她們聊天聊了很久。後來奧爾卡夫人掏出錶來一看，說：

「我的上帝，都快四點了！」

媽媽這時也看了看錶，說：

「眞奇怪！你的錶跟我的那隻完全一樣……」

「啊，是這樣的嗎？」奧爾卡夫人一邊回答，一邊把錶放回懷裏。維琪妮婭正好站在她的後面，她向媽媽打了個手勢，但媽媽不明白是什麼意思。

奧爾卡夫人走後，老是喜歡多嘴多舌的維琪妮婭嚷了起來：

「媽媽！妳沒看見？除了錶外，錶帶也跟妳的一模一樣……眞是怪事！」

她們都上樓到媽媽房間裏去找錶……但錶沒有找到，因爲我前天在院子裏變魔術時拿走了。很難描繪媽媽、阿達和維琪妮婭找錶時的那種情景。後來阿達又急忙回到她自己的房間裏去找，她回來時說：

「我要告訴你們一件事，也是一件奇怪的事。我注意到奧爾卡夫人擦鼻涕的那條繡花白麻紗手帕，跟媽媽在我生日時送我的完全一樣。於是我翻了抽屜，發現確實是少了一條……」

眞有意思！手帕本來是我前天在院子裏變魔術時，用它來包媽媽的錶給瑪利內拉的！

結果，就這兩件平平常常的小事，媽媽和我的兩個姐姐足足議論了一個多小時，而且不停地發出「啊，」、「哦！」的聲音。她們還回憶起最近一次，也就是上星期一媽媽陪奧爾卡夫人到她房間裏做客的事。最後，阿達對這場議論下了結論：

「她是一個偷竊狂病患者。」

偷竊狂這個詞我知道，因爲我多次在爸爸放在桌上的報紙裏看到過。這是一種古怪的病，患這種病的人總是去偷別人的東西，而且是目中無人。

我這時說：「老是誇大事實！……」

我想把事情的眞相說出來，使奧爾卡夫人免受這不白之冤。可是，維琪妮婭說我是個孩子，大人講話時不該插嘴，要是我又去搬弄什麼就糟了……

大人們多麼傲慢啊！但是，這次她們將發現，孩子們有時比她們判斷得更正確，而她們總認爲自己什麼都是對的！

十一月二日

今天是悼念死者的日子，我們全家要到聖・崗波墓地，去爲可憐的爺爺、奶奶和巴托羅梅歐伯伯掃墓。

伯伯是兩年前死的，很遺憾，如果他還活著的話，他將會送我一輛自行車，這是他多次答應過我的。

媽媽要我快點穿上衣服。她說，如果我表現好的話，或許在這嚴肅的地方，爸爸會原諒我的。

不錯，正義終於勝利了。大人們應該懂得，不要總是把什麼過錯都推到小孩子身上，並強迫他們承認這些過錯。

* * *

在上床睡覺前，我要在日記上寫下今天發生的事情。以前的事已被爸爸原諒了。不過，由於一次玩笑，差一點又壞了事。

今天，在出家門之前，爸爸交給我一個花圈，用他對我發脾氣時一貫嚴厲的口吻說：

「希望你能讓你可憐的爺爺、奶奶在地下安心……
……」

我沒吭聲，我知道在這種場合是禁止男孩子隨便講他們的理由的。我低著頭，好像肯悔過的樣子；又偷看了一下爸爸，他正對我怒目而視。

這時，媽媽走過來說，卡泰利娜叫的馬車到了。於是我們上了車，只有維琪妮婭因爲馬拉利律師的緣故，留在家裏。律師的病一天天好起來了！

我向媽媽請求：

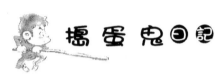

「我能到馬車前面的駕駛臺上跟馬車夫坐在一起嗎？這樣你們也可以坐得寬敞一點。」

我這樣提的目的是希望坐在駕駛臺上玩玩。當馬車走在平坦的道路上時，馬車夫還曾允許我揪了一會兒韁繩呢！

「天氣多好啊！多少人哪！……」阿達說。

當我們進入聖．崗波墓地時，看到人們簇擁在道上，手裏拿著悼念他們親人的花束。

我們拜謁了可憐的爺爺、奶奶和伯伯的墓，像往年一樣爲他們祈禱後，便在聖．崗波墓地裏逛逛，看看別人家新的墓地。

走著走著，我們看到一塊正在建造的墓地。阿達說：

「這就是比切講過多次的羅西家的墓地……」

「多闊綽啊！」媽媽看到後說，「要花好多錢呢！」

爸爸說：「肯定要花三到四千里拉！」

阿達說：「最好還是讓他們把欠的債先還了！」

我抓住機會跟爸爸說了話，我問他：

「建這個做什麼？」

「羅西全家一個一個都將埋在這裏。」

「什麼？那麼比切小姐也將埋在這裏？」

「當然。」

我忍不住笑了，笑得像個瘋子一樣。

「什麼事值得你這麼好笑？」

「有人活著的時候就爲自己造好了墓地！所以我覺得好笑。」

「就某種意義來講，這也與做其他事一樣，爲了虛榮……」爸爸說。

阿達插著嘴說：「這就跟他們在劇院裏租包廂一樣，我不知道他們坐在包廂裏時，是否感到羞恥。他爸爸還從銀行借錢呢！……」

這時，爸爸、媽媽、阿達開始聊起天來了。我想，既然我是他們的累贅，就自己跑去玩一會兒吧！我看見遠處的萊佐和卡爾魯齊奧，便追了上去。我們開始在道上「趕馬」玩。道上鋪著小石子，很適於「趕馬」。後來，我們又越過道旁的柵欄在草坪上玩。我們躲著守衛，因爲草坪是禁止入內的。

突然間，我的領子被人抓住了，原來是怒氣衝衝的爸爸。看來，他、媽媽和阿達找了我好久。

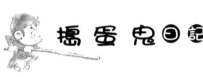

「對你來說，眞是沒有什麼東西是神聖的！」爸爸非常嚴厲地訓斥我，「就連在這裏，人們哭的地方，你也想方設法惡作劇！」

阿達接著說：「可恥！跑到墓地裏來吵吵鬧鬧！」她表現得極爲傲慢。

我不服氣地對她說：「我與萊佐、卡爾魯齊奧在墓地裏吵吵鬧鬧是因爲我們年紀小，不過我卻願意我的朋友都好。相反地，卻有些大姊姊們到這裏

來講她朋友的壞話！……」

爸爸正要打我，但阿達把他勸住了，我聽見她小聲地說：

「好了，算了……他可能會把話告訴比切！」

這就是我的姐姐們！有時也會保護自己的小弟弟，但目的還是爲了他們自己！

我原以爲回家後還會挨一頓打罵，但到家後，他們的壞脾氣卻被一樁大新聞沖掉了。

維琪妮婭迎上來，她激動得不得了。她告訴我們，醫生檢查了馬拉利律師的傷口，說一切都很好。傷不僅能痊癒，而且眼睛也不會瞎掉。

在此以前，她還以爲馬拉利律師準會瞎掉一隻眼睛呢！

簡直無法形容，大家聽到這出乎意料的消息後那種愉快的情景。

我特別高興，因爲所有的這些都證明了，那些罵我要進監獄的話是站不住腳的。現在是結束誇大和迫害的時候了！

十一月五日

這些天，我沒有一點時間寫我的日記，就是連今天我的時間也不多，因爲我要上課了。

是這樣的，學校開學了，我要承認錯誤、改正缺點、好好學習、爭取榮譽，照媽媽講的那樣去做。

就算是時間不多，我也不能不在我的日記上畫上拉丁語教師的畫像。他是那樣的滑稽，特別是他大聲嚇唬學生的時候。

「大家安靜！誰也不許動！如果我看到你們臉上的肌肉動一下的話，我就要給你們一點顏色看看！……」

因爲這些話，從上課的第一天起，我們就給他起了個外號叫「肌肉」。我們商定誰也不許告訴他，要永遠保守秘密。

這些天，家裏太平無事。馬拉利律師的傷口快要好了，過兩天醫生就要

Tutti fermi!
Tutti zitti!!!
Questo qui è il Prof. Muscolo

「肌肉」老師

給他拆掉繃帶，允許他見光了。

昨天家裏來了一幫子社會黨人士，他們是來祝賀馬拉利痊癒的。爲此，爸爸、媽媽還發生了一場口角。媽媽不願意讓這些「異教徒」到我們家來，她是這樣稱呼社會黨的。爸爸卻相反，放他們進入律師的房間。律師眞讓人好笑，因爲他說：

「我見到你們非常高興，儘管大家都在黑暗中。」

等到這些人走後，馬拉利對爸爸說，他在這種場合下，能得到這麼多公民的尊敬和好感，覺得很幸福……

十一月六日

昨天，當我在複習拉丁語的時候，聽到了阿達和媽媽的談話。

她們在講奧爾卡夫人和她的偷竊狂病。眞有意思！看來媽媽已經繪聲繪影地把所有的情況，都告訴了奧爾卡夫人的丈夫路易基了。路易基是波倫亞人，講話卻帶著那不勒斯的方言。（波倫亞是義大利北方的城市，那不勒斯是義大利南方的城市，各講不同的方言）他是個寡言少語的人，脾氣雖強但心地善良，特別是對男孩子們很好，能夠原諒我們。

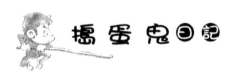

據說，路易基先生聽到媽媽說的情況後很驚訝，他開始還有點不相信，後來看到了奧爾卡夫人的錶時，才相信了……他向媽媽道歉，又去請教一位有名的醫生。醫生診斷說，奧爾卡夫人可能得了一種嚴重的神經病，並爲此開了一張藥方。

後來，他們讓奧爾卡夫人服藥，奧爾卡夫人把這件事也告訴了媽媽。她

認爲醫生是說她身體虛弱，但路易基誤會了。她覺得自己沒有病，她所以服藥，完全是爲了使丈夫高興。

我覺得這件事很好玩，而且希望它變得更有意思。

今天早上，趁誰都沒注意，我跑到阿達的房間裏，拿走了她所有的手帕，又從餐廳裏拿了一只

馬力內拉

路易基

銀瓶，然後把它們藏在衣服裏，走到院子中。我叫瑪利內拉出來，請她幫幫忙。我到了她家，把銀瓶放在她家餐廳裏；把手帕交給了瑪利內拉，讓她拿

到她媽媽房間裏去放。這件事她馬上就去做了。我對她是放心的，因爲她是一個很不愛說話的女孩子，能保守秘密。

現在，我等著看她們怎麼評論這件事。

十一月七日

今天在學校上拉丁語課時發生了一件事，值得在這裏提一提。

和我同桌的萊佐從他叔叔的商店裏拿來了一些黏鞋用的膠，我趁坐在前面的同學站起來回答老師問題的時候，把這團膠悄悄地放在他的椅子上。這位同學名叫馬里奧·貝蒂，我們都叫他小髒鬼。因爲他穿的那套英國式的衣服雖然很體面，可是他的脖子和耳朵都很髒，好像一個化了妝的清道夫一樣。

馬里奧·貝蒂坐了下來。開始他什麼也沒發現，但過了一會兒，可能是椅子上的膠化了，黏住了他的褲子，他感到難受，便嘟噥起來，顯得很不安。

老師發現了。於是在「肌肉」和小髒鬼之間展開了一場好戲：

「貝蒂！什麼事？你在幹什麼？」

「我這兒……」

「不要說話！」

「但……」

「不要動！……」

「但是，我不能……」

「不要說話！不許動！如果我看到你臉上的肌肉動一下的話……」

「請原諒，我不能……」

「不能？不能安靜？不能不動？那麼，你給我站出來！……」

「但是，我不能……」

「到教室外面去！」

「我不能……」

「哼！……」

「肌肉」哼了一聲，衝到小髒鬼面前，抓住他的胳膊想把他拖到教室外面

小髒鬼貝蒂

去。突然，他停住了手，因爲他聽到了一聲「嚓」的撕裂聲。小髒鬼的褲子被扯破了，布條還黏在椅子上。

「肌肉」發脾氣了，但小髒鬼脾氣發得更大……兩個人莫名其妙地互相對視著，可是誰也解釋不清是什麼原因。

教室裏爆發出一陣大笑。這時，老師火冒三丈，大聲叫著：

「大家安靜！都不許動！如果……」

這次他沒有勇氣說完他那句口頭禪，因爲全班同學張大嘴巴笑著，儘管老師想制止，也無能爲力。

後來，校長來了。坐在小髒鬼後面的七八個同學，一個個都被問過。幸好，他們誰也不清楚究竟是怎麼回事。事情仍沒有解決。

最後，校長盯著我說：

「你們聽著，要是不說出來是誰弄的，等我查出來後，一定要嚴懲他！」

今天，醫生替馬拉利律師拆了繃帶，並說，明天就可以把窗子打開一點，讓房間裏有點光。

十一月九日

昨天，媽媽和阿達到奧爾卡夫人家裏去了。當她們回來時，我聽見她們二人說：

「妳看見了嗎？她的另一條手帕也是我的！」

「還有銀瓶，妳看見了嗎？我真納悶，她是怎麼把銀瓶拿走的！拿走時藏在哪裏呢？」

「是啊！她的確病得很厲害……今天晚上應該告訴她丈夫。」

我暗暗發笑，卻裝著沒事一樣地問：

「誰病了？媽媽。」

「沒有人病了啊！」阿達用她一貫傲慢的口吻對我說，「大人講話，小孩不要東問西問。」

可是她沒有想一想，我卻知道得比她們還多得多。

十一月十五日

我好幾天沒寫日記了，主要是這些天學校功課太多。一天中，我要被送進學校兩次。儘管我有著良好的願望，但還是無法完成老師出的作業。

可是，今天我不能不把我的想法寫到日記本上。這是一樁新聞，一樁轟動的新聞，它證明男孩子有時是好心但卻做了壞事。但是大人卻不問青紅皂白地強迫我們承認錯誤。我就是個例子。

這樁大新聞是：馬拉利律師告訴爸爸，他要娶維琪妮婭。昨天晚上，他和爸爸談了很久。

這件事使得家裏鬧翻了。媽媽知道後說，把一個可憐女兒嫁給一個不信教、不講原則的男人是罪過，她說她可能永遠也不會同意這樁婚事。

爸爸卻相反，他認爲馬拉利律師要娶維琪妮婭，從任何一個角度來說都是件大好事，因爲馬拉利是一個謹愼的青年，很有前途。他說，時代不同

了，今天參加社會黨已不是件壞事，應該順應時代潮流。再說，今天的社會黨人士，已經跟二十年前的社會黨人士不可同日而語了。

維琪妮婭同意爸爸的意見。她說，馬拉利是向她求婚的人中最好的一位。她認爲，既然要嫁，就不要錯過這個機會。

我也希望這門婚事能成，因爲這樣就會有另外一次婚宴。誰知道又將會有多少甜食和飲料啊！……

十一月十六日

今天，阿達與媽媽又哭又鬧。她說，維琪妮婭也要結婚了，而自己卻留在家裏像貝蒂娜姑媽那樣當老姑婆，這是不公平的。如果爸爸允許維琪妮婭嫁給一個社會黨人士，那麼，就沒有理由反對她和德・萊基斯結婚。德・萊基斯雖是一個窮光蛋，但他是一個落落大方的青年，況且以後也會有一個好的職業。

十一月十八日

一般來說，女孩子的痛苦與男孩子完全不同。現在，家裏要來一個女孩子，她要在這裏住上一個星期。我需要很有耐心地與她相處。媽媽說，如果這次我表現得好，就買一輛自行車給我。而我呢？也一定會對這個女孩子好。聽說，她明天就要來了。

這是家裏人第七次說要替我買一輛自行車了。我覺得這種願望似乎是不太可能實現的，因爲每次我都會出一點事。我多麼希望這次能實現啊！

我們等待的小女孩是馬拉利律師的外甥女。馬拉利寫信給嫁在波倫亞的姐姐梅羅貝・卡斯苔莉夫人，叫她帶外甥女到這裏來認識一下他的妻子——大概就是指我的姐姐維琪妮婭。

關於婚事，看起來已經談妥了。昨天晚上，經過爸爸的大力勸

說，無論是媽媽還是阿達，最後都同意了這門親事。

十二月十九日

我們到車站去接梅羅貝·卡斯苔莉夫人和瑪麗婭。瑪麗婭是一個平平常常的女孩子，講的是一口惹人發笑的波倫亞方言，我們一點也聽不懂。

由於我們未來的親戚的到來，家裏的人都興高采烈，我也非常高興。特別使我高興的是，卡泰利娜做了兩種好吃的甜點心，一種是奶油的，另一種是水果的，每一種都有它不同的味道。我說不出喜歡哪種，因爲兩種點心我都愛吃。

十一月二十日

這星期的第一天過去了，我努力地表現得像前天跟媽媽保證的那樣好。

昨天放學後，我和瑪麗婭一起玩玩具。我對她非常好，與她一起玩洋娃娃玩了好久。她的洋娃娃很漂亮，但也有些煩人。

洋娃娃

瑪麗婭的洋娃娃叫芙羅拉，大得跟她的女主人差不多。它唯一好玩的地方就是眼睛會動，站著的時候眼睛睜著，躺下眼睛就閉上了。

我想弄清這是怎麼回事，就在洋娃娃的腦袋上挖了一個窟窿。我發現使洋娃娃睜眼閉眼的裝置很簡單，就把那個裝置拆了下來，並講解給瑪麗婭聽爲什麼。後來，她發現娃娃的眼睛被弄壞了，再也閉不上時，就哭了，傷心得像發生了什麼嚴重的事一樣。

女孩子們多可笑啊！

瑪麗婭爲洋娃娃的事向她舅舅告狀。今天晚上，馬拉利律師對我說：

「你呀，我親愛的加尼諾，你怎麼老是去弄壞別人的眼睛？……」

但是，他馬上又笑著說：

「我們會把洋娃娃的眼睛修好的，就像醫治我的眼睛一樣。親愛的瑪麗婭，妳也應該想一下，這不幸的事不是故意造成的，算了，好嗎？妳看，我打一個比方，就說我被打傷的眼睛吧！假如他不用手槍打傷我眼睛的話，我也不會被收留在這個家裏養傷，更不會得到我的維琪妮婭好心的照料，現在也不會是最幸福的人了。」

大家聽了這話都很感動。維琪妮婭抱著我，激動地流下了眼淚。

這時，我想講幾句心裏話。我想起自己受到的虐待，認識到這樣一個事實，就是大人經常因爲一些小事冤枉我們男孩子。不過，我沒有把話說出來，因爲我也很激動。

十一月二十二日

打開日記，讀著前天寫的話，心裏充滿憂愁。我想，說也沒用，大人從來就不肯承認自己的錯。

這一次自行車又得不到了。

我在寫日記時，正被鎖在自己的房間裏。但是我堅決不妥協，直到爸爸確實說不打我了爲止。

與往常一樣，是件小事。這些天我儘量聽媽媽的話，結果不但沒得到獎勵，反而受到了懲罰。昨天，媽媽、姐姐以及梅羅貝夫人一起外出串門子。在離家前，媽媽對我說：「我們出去了，你好好陪瑪麗婭一塊玩。」

爲了使瑪麗婭高興，我先和她一起玩做飯等遊戲，後來，我對這些遊戲厭煩了，便對她說：

「妳看，天快黑了，離吃飯還有一個多小時，我們來玩一個有趣的遊戲好

嗎？妳還記得昨天我給妳看的那本書裏的故事嗎？我當主人，妳當奴僕，我把妳丟到樹林中……」

「好的，好的。」她馬上答應了。

媽媽、姐姐和梅羅貝夫人還沒有回來，卡泰利娜正在準備晚飯。我把瑪麗婭帶到我的房間，把她的白衣服脫下，給她穿上了我深藍色的衣服，使得她像一個男孩子。接著，我拿出顏料盒，把她的臉塗得像個混血兒。我又拿了一把剪刀，和她一起走到院子裏，命令她跟在我的後面。

我們走到一條寂靜的小路上，這時，我轉過身來對她說：「現在，讓我把妳的捲髮剪掉，剪得像書上說的那

樣，使大家都認不出妳來。」

「媽媽不會讓妳剪我的頭髮的！」她哭了。我趁她不注意，剪掉了她所有的捲髮。因爲不這麼做，就無法玩這個遊戲。

我又哄她說：「妳坐在這塊岩石旁的石頭上，假裝昏過去，這樣就跟書上寫的一樣了……」

等瑪利麗婭閉上眼睛，假裝昏過去後，我就悄悄地回家了。

在回家的路上，我聽見了她的哭叫聲，她叫得挺像個眞的奴僕，我捂住耳朵使自己儘量聽不見，因爲我想把遊戲玩完。

天空布滿了烏雲，並開始下起了大雨，雨點很大……當我回到家的時候，大家已經坐在餐桌旁等著我們了。餐桌上放滿了乳酪、雞蛋糕，饞得我直流口水。

媽媽看到我後鬆了一口氣，說：「噢！終於回來了！瑪麗婭在哪裏？叫她來吃飯。」

「我們玩僕人的遊戲，她假裝昏倒了。」

「在哪裏昏倒了？」媽媽笑著問我。

「在樹林的小路上，離這兒很近。」我一邊回答，一邊坐到桌子旁。

但是，他們好像被雷電擊中一樣，爸爸、媽媽、梅羅貝夫人以及馬拉利律師都猛地站了起來，雖然，他們坐下的時候都是慢吞吞地。

爸爸抓住我的胳膊，說：「告訴我眞話！」他說話時讓其他人先坐了下來。

「眞的。我們玩主人和僕人的遊戲，我把她喬裝成一個混血兒，我扮拋棄她的主人，把她一個人丟在那裏。之後，仙女就會去，把她帶到一座金碧輝煌的宮殿裏，她將成爲地球上最強大的女皇。不過我不知道爲什麼？」

當我講完後，大家都愣住了。梅羅貝夫人絕望地捏著手說，孩子大概已經嚇死了，她怕雷，她肯定要生一場病。此外，還說了一些別的話。

照她這麼說，好像世界上的一切災禍都是因爲一點冷熱引起的一樣。

「壞蛋！無賴！流氓！」維琪妮婭搶過我手中的餅乾罵道：「你的惡作劇到底要鬧到幾時？你爲什麼自己跑回家來，而把一個小女孩扔在寒冷和黑暗中？」

這時，梅羅貝夫人臉色蒼白，她無力地低下了頭。媽媽連忙用醋灑在她臉上，同時流下了眼淚。爸爸站起來去取馬燈，讓我停止吃飯，帶他們去把瑪麗婭找回來。

這就是事情簡單的經過。梅羅貝夫人今天回波倫亞去了，因爲她再也不願看見我。她看到孩子昏倒在路上時大哭了起來。我爲了找瑪麗婭，渾身都濕透了，但是得到的報酬呢？沒有人吻我、擁抱我，也沒有人給我一碗熱雞蛋湯，更沒有人像對她那樣，給我一杯瑪撒拉

加尼諾的堡壘

酒、餅乾、奶油或水果，也沒人和我親熱。相反地，我卻像條狗似的被趕回了我的房間。爸爸說，他要上來教訓我一頓，我知道他這些話是什麼意思。但是，我在房間裏築起了堡壘，就像戰爭時期城裏的堡壘一樣，他們只能從倒塌在我房門口的洗臉架和小書桌上把我抓住。

靜一點！我聽到了響聲……難道戰鬥就要開始了？我在房間裏儲備了食品，放了一張床在鎖上的房門邊，並在床上放了一張小書桌，又在小書桌上擺了一面大鏡子。

原來是爸爸……他想打開門，但我沒有理睬他。我靜靜地待在這裏，就像一隻貓跑到酒窖裏那樣。哈哈！要是我能像一隻蜘蛛，奇蹟般地經過門底下跑到外面去就好了！敵人以爲房間是空的，就只好走了。

要是他們用力推門呢？其結果是鏡子掉下來，摔成碎片。不過，這又將是我的過錯……事情就是這樣：他是一個壞孩子，他是一個出名的搗蛋鬼，他總是幹壞事……說的盡是這些老掉牙的話！

十一月二十三日

沒有什麼新鮮的事。

昨天，如計畫的那樣：梅羅貝夫人帶著那個嬌生慣養的瑪麗婭要走了。馬拉利律師送她們回波倫亞，大家都去爲他們送行。

我的房門口暫時不會有任何的進攻者了。

不管怎樣，我將決心抵抗。我加強了堡壘，把一大堆卡泰利娜送給我的食物放在一起。這些食物是透過一個小籃子從天窗吊下來的。這時全家大概正在車站送梅羅貝夫人她們。

十一月二十四日

暴風雨過後是一片寧靜！三天前的天空還是灰色的，現在卻變得晴朗起來。和平來到了，包圍已經解除。

今天早上，他們從門的鎖孔裏對我說，再也不打我了。我也愼重地答應他們說我要回學校去學習，做個好學生。

這樣，榮譽被挽救了……桌子、大鏡子也免遭破壞。我拆除了堡壘，走出了房門。

自由萬歲！

十一月二十八日

這些天沒寫一個字，因爲我非常忙，要跟上課程進度。在家裏，大家爲我高興。昨天，爸爸對我說：

「那輛由於你捉弄瑪麗婭而失去的自行車，你還有機會得到，不過我們將再觀察一段時間。」

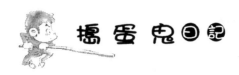

十一月二十九日

今天，我又面臨著新的考驗……這一次我要看看，是不是能夠拿到這輛難得的自行車。多少次我看著它從眼皮底下跑掉了。

家裏只剩下了我、維琪妮婭和卡泰利娜。爸爸、媽媽和阿達去看露伊莎，要在那裏住一個星期。媽媽臨走時說，這次旅行她放心不下來，因爲在外面要待上一星期，怕我寂寞。我勸她不用擔心，保證每天到學校去，一下課就回家，聽從姐姐的話。總之，我要做個模範孩子。

我要懇求天堂裏所有的神，幫助我驅趕走壞念頭。卡泰利娜說，一切都需從頭開始，一個星期表現好，不是一件困難的事，只要有決心。我不明白她是怎麼知道這些事的，她又從來沒有當過男孩子。但是，爲了最終能得到一輛自行車，我相信我還是能克制自己的。可以這麼講，下個星期我就可以騎著自行車自豪地在家的周圍轉來轉去了！我的良好表現將可以成爲男孩子的表率……這是我做夢都在想的！

十一月三十日

爸爸、媽媽和阿達走後才過了一個晚上。我對自己的表現還是相當滿意的。只是我昨天把媽媽房間裏的鏡子打碎了，這當然是非常倒楣的。爲了不讓維琪妮婭聽見聲音，我與卡爾魯齊奧關上門在房間裏踢球。我穿上了姐姐的套鞋，看看是否彈性會好一點，不知怎麼的，球把衣櫃上的鏡子打碎了，還把一瓶科倫香水也打翻在新的地毯上。

這時，我們才想到該換個地方，到院子裏去玩。但幾分鐘後下起了毛毛雨，球玩不成了。我們只好跑到閣樓上，把家裏的舊東西搜出來玩。

吃晚飯時，我穿上了剛才翻出來的奶奶的舊長袍。我實在無法形容，維琪妮婭和卡泰利娜看見我這身打扮會笑成了什麼樣子。

我能得到一輛自行車嗎？我認爲我的表現還是不錯的。

十二月一日

今天確實是一個晴朗的好天氣，外面微風輕拂，使人感到很舒服，我好想去釣魚哦！。不過這一次可不要像上次那樣，要小心點，要不然就要與自行車告別了！放學後，我去買了新的釣魚線和魚餌，便動身到河邊去。

開始時只釣了一些雜草，後來跑掉了兩條白鰲魚，只有在天快黑時，才釣到一條粗得像條大蛇似的鰻魚。怎麼處置牠呢？當然我要拿回家，明天早上吃掉牠。爲了今天晚上先玩玩，我把牠小心翼翼地放到客廳的鋼琴上。晚飯後，卡泰利娜把客廳的燈打開，我的姐姐從樓上下來，彈著琴，唱著她時常唱的那支浪漫曲。曲子的開頭是這樣的：

誰也看不見我們……
誰也聽不見我們……

突然，她大叫一聲：「唉呀！一條蛇！……啊！蛇！……」

什麼怪聲啊！像是火車頭發出的尖叫聲，但又不像。我馬上跑到客廳裏，看看究竟發生了什麼事。卡泰利娜也跑來了。我們看到維琪妮婭像一隻發狂的狗在沙發上抽搐著。

「鋼琴上肯定有什麼東西。」我對卡泰利娜說。卡泰

利娜走近鋼琴一看，馬上就沒命地跑出家門，大聲地叫著：「救命！……」

這時，鄰居來到了我家，大家走近鋼琴，也都驚叫起來。

「那是條鰻魚！」我說。我已經對所有的人都這麼大驚小怪厭煩了。

「什麼？什麼東西？」大家異口同聲地問。

「一條無辜的鰻魚！」我笑著回答。

女人們實在很可笑，一條鰻魚就把家裏給弄得雞犬不寧，可是當她們吃了做好的鰻魚來，倒是津津有味的。

大家都說我是個壞蛋，嚇壞了維琪妮婭。反正就是那麼一回事，儘管我有一個沒知識、沒常識、分不清鰻魚和蛇的姐姐，但罪過總是我的……

十二月二日

今天，維琪妮婭又在嘮叨，說我一整天都在釣魚，不去上學。其實，事情就壞在我今天把新褲子撕了個大洞，衣服上又弄了一塊油漬。

吃飯的時候，姐姐對我說：

「加尼諾，今天老師來家裏說你沒去上課，如果你繼續這樣的話，爸爸回來後，我要告訴爸爸了……」

「明天我一定到學校去。」

「好吧！你是不是又把條『蛇』帶回家來了？」

我說：「沒有，玩一次就夠了。」

我想要得到一輛自行車，我不願意因爲開類似的玩笑而失去它。

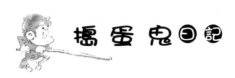

十二月三日

我姐姐的膽子是多麼地小啊！她那麼害怕小偷，晚上嚇得都睡不著覺。爸爸、媽媽不在家時，一到晚上，她就要看看床下、門後和窗簾後面是否有什麼人，而且晚上睡覺從來不敢熄燈。我眞不懂，女孩子們爲什麼都這麼好笑！

昨天晚上，在我睡了兩個小時之後，就被一陣大叫聲吵醒了，好像家裏著了火似的。我從床上跳了下來，剛準備出房門，就看見維琪妮婭穿著睡衣衝進了我的房間，她抓住我的胳膊，又把房門給鎖上。

「加尼諾！加尼諾！我床下有一個小偷！」她上氣不接下氣地說。

接著，她又打開窗戶大聲呼喊：

「救命！……救命！抓小偷……抓小偷！」

「出了什麼事？出了什麼事？」

鄰居們聞聲趕來，跑到我家門口，卡泰利娜和剛穿好衣服的維琪妮婭下了樓。鄰居問：

「我床下有一個人……我親眼看到的！快！快去看看！但是要小心，不要忘了帶槍！」

兩個膽子大一點的鄰居上了樓，其他的人在下面安慰著維琪妮婭。我也跟著那兩個人進了姐姐的房間。這些勇敢的鄰居慢慢、慢慢地朝床下看，看見床下面果真有一個男生。於是，他們抓住這個人的腿朝外拖；但這個人一點也不反抗。一個勇敢的鄰居抓起一把椅子，朝他背上砸去；另外一個用槍指著他。

突然，大家睜大著眼睛望著我：

「加尼諾，這又是你幹的！」

「是啊！」我回答，「維琪妮婭老是疑神疑鬼，說她床下有小偷。我想如此一來，就可以使她見到眞正小偷時就不那麼慌張了。」

我親愛的日記，你知道，是什麼使我姐姐那麼害怕嗎？是什麼使鄰居那麼慌張嗎？是一個穿著爸爸舊衣服的稻草人！……

十二月四日

爸爸、媽媽離家五天了，維琪妮婭給他們拍了一封電報，請他們提前回來。

維琪妮婭對他們說，要是讓她再和我一個人待在一起的話，肯定會生一場病……

而我呢，這一次又失去了獲得自行車的機會。爲什麼呢？因爲我不幸有一個神經質的姐姐，膽子小得要命。

難道不是這樣嗎？

十二月五日

今天，爸爸、媽媽和阿達回來了，大家脾氣都很壞。

我申辯也沒有用，反正大家的火都朝我身上發洩，翻來覆去地說我是一個壞東西，是一個不肯悔改的壞孩子，好事兒到我這兒就變壞了。……

因為稻草人的事，爸爸訓了我一個多小時，他說，這種事只有像我這樣沒有頭腦、沒有心肝的無賴才幹得出來。

這也是老生常談，我倒希望他能說出點新的話來。老是說我沒有心肝、沒有頭腦的無賴，難道就不能換點新鮮的來說嗎？

今天注定是我該受封的日子，他們封我一個不好的外號——搗蛋鬼。所

有的人都這麼叫我，故意這麼叫，因爲他們都討厭我。而且倒楣的事也是接踵而來，就像櫻桃一樣都連在一起。所不同的是櫻桃受到人們的歡迎。依我來看，倒楣的事最好一件一件的來，最好不要連在一起，否則我可受不了。

爸爸爲我嚇唬維琪妮婭的事把我好好地訓了一頓。話還沒訓完，親愛的校長先生又寄來了一封信，信裏詳細地講了我在學校裏惡作劇的事，而且把其中的有一件事看得特別嚴重，我眞想不通這是爲什麼。

事情的經過是這樣的：

昨天，我帶了一瓶紅墨水到學校去。紅墨水是從爸爸的寫字桌上拿來的，這件事我不認爲有什麼不對的地方。

我常常說我是非常倒楣的，現在我再說下去。我拿紅墨水到學校裏去的那天，正是貝蒂的媽媽想在貝蒂的脖子上套一個長長的、漿洗過的大翻領的那天。她把大翻領套在她女兒脖子上的那天，正巧也是我把紅墨水拿到學校去的同一天。

不知怎麼搞的，我起了個念頭，想在貝蒂的翻領上寫點什麼。翻領又大

又白，而且漿洗得發光。我用筆蘸上紅墨水，在他的翻領上悄悄地寫上了幾句詩，他卻一點都沒感覺到。

詩的內容是這樣的：

不許說話不許動！
要是「肌肉」看見了，
都得挨油煎！

一會兒，「肌肉」老師叫貝蒂到黑板上去寫生詞，大家念著貝蒂那條雪白的翻領上用紅墨水寫的漂亮詩句，不由得哄堂大笑起來。

開始，「肌肉」不知道怎麼回事，貝蒂也摸不著頭緒，這情景就像上一次不知道褲子爲什麼黏上了膠一樣。後來「肌肉」讀了翻領上的詩後，立刻變得像老虎那麼兇。

校長馬上來了，像往常一樣，又開始了調查。

這時，我把紅墨水瓶藏到課桌裏。但校長卻要檢查坐在貝蒂後面每個人的鉛筆盒，（這是不能容忍的，因爲搜查其他人東西的這種情況，只有發生在未受過良好教育的家庭裏。）結果他發現我的筆尖蘸有紅墨水。

「我就知道是你幹的！」校長衝著我說，「上次把膠放在貝蒂椅子上的，也是你……好哇！你小心點，我要懲罰你。……」

因爲這事，校長將報告書寄到了我們家。

「你看見了嗎？」爸爸舉著信，指著我的鼻尖吼著：「你看見了嗎？一場惡作劇還沒完，又來了一場更惡劣的！……」

確實如此。但是，校長的信偏偏在爸爸爲稻草人的事教訓我的時候來，難道也是我的過錯嗎？

十二月六日

我吞嚥了全部的淚水後寫著日記，因爲我剛吃完一碗麵條湯。一邊吃，我一邊掉著眼淚，我是生著氣吃掉這碗麵條湯的。

爸爸昨天下了命令，爲了懲罰我用假人嚇唬維琪妮婭、罵「肌肉」老師等惡作劇，罰我連吃六天的麵條湯，除了麵條湯外，什麼也不給我吃。

這是明擺著的，他們知道，六天光吃麵條湯，我是忍受不了的……要是偶爾吃一頓的話，我倒是很高興。但可以肯定的是，他們要我吃上六天麵條湯……然後才對我說，這樣做是迫不得已的。

我抵抗了一天，拒絕吃麵條湯。就是餓死，也不屈服這樣殘酷的迫害！但是，遺憾的是到了晚上，我再也忍受不了啦……我

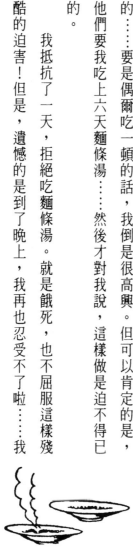

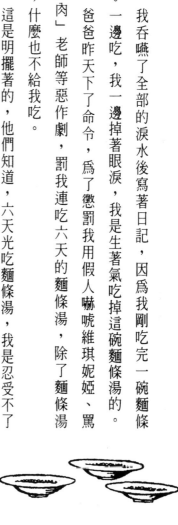

只好向饑餓屈服。我爲我不幸的命運和麵條湯而傷心地哭著，邊哭邊吃著這碗麵條湯。

十二月七日

兩天裏我吃了八碗麵條湯……就是在鎮壓異教徒的時代，人們也沒有用這樣可怕的刑罰，來對待一個可憐的男孩子。

一切都該有個限度，我開始對這種卑劣的做法反抗了。一小時前我走進廚房，正好卡泰利娜不在，我抓起一把鹽扔進了燉肉的鍋裏。

今天，當我吞嚥了麵條湯後，我抑制不住好奇心，想看看他們對放了許多鹽的燉肉究竟反應如何？於是我下了樓，在餐廳的門口窺視著。

正好，我聽到了一段我最關心的談話。

「那麼大後天，其他人都得在五點鐘起床嗎？」媽媽問。

「當然，」爸爸回答說，「因爲車子在六點整會到家門口，到那裏至少需要兩個小時，儀式需要半個小時，這

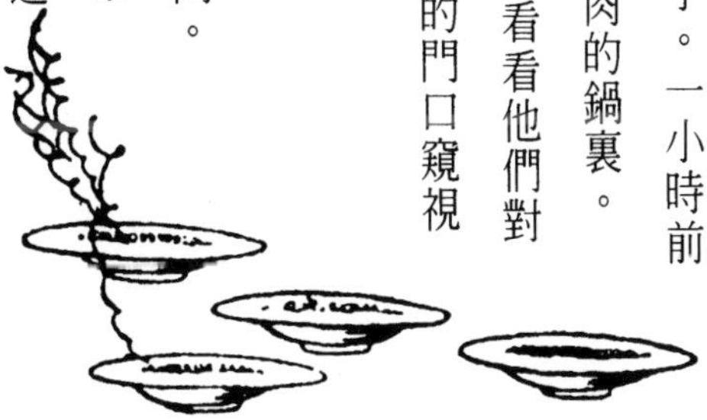

樣在十一點半前我們就可以回來了……」

「那我也會準時到這裏。」馬拉利說。

他還想說些什麼，但由於剛剛把一塊肉放到嘴裏，開始咳嗽、喘氣，好像吞下了一個異物一樣的難受。

「怎麼回事？怎麼搞的？」

「你們嘗嘗看！」律師回答。

大家嘗了燉肉，發出了一陣咳嗽聲和擦鼻涕聲，幾乎齊聲叫了起來：

「卡泰利娜！卡泰利娜！」

我忍不住要笑了，連忙跑回了自己的房間。

我想知道明天早晨六點他們坐車到哪兒去……

他們以爲騙得過我，我要警戒著！

十二月九日

我已經吃到第十九碗麵條湯了……我要報仇。

他們不可能想到，事情壞就壞在迫使一個可憐的孩子一天喝五、六碗麵條湯！如果他們明白這一點就好了。

今天早上，我跑到廚房裏，抓了一大把胡椒粉扔在咖啡裏。等咖啡煮好後，我要看看他們會愣到什麼地步。

今天，家裏來了許多人。最後到的是糕點鋪的夥計，他拿了一個大紙盒和滿滿的一袋東西。卡泰利娜馬上把它們放到食品櫃子裏，並上了鎖。但是，我知道阿達房間裏的鑰匙也能打開這個櫃子。我要找一個機會打開櫃子，看看那大紙盒和那只袋子裏究竟裝的是什麼？

我馬上告訴你，大盒子裏裝著許多圓紙盒，上面寫著金色的字：斯托帕尼——馬拉利婚禮。

這對我來說是一大發現。

「哈！家裏要舉行婚禮，爲什麼不讓我知道？」我心想，「加尼諾就應該蒙在鼓裏，從早到晚吃著麵條湯嗎？」

在我發現紙盒裏裝著什麼後，袋子裏的東西對我已不是什麼秘密了。我打開糕點鋪夥計拿來的袋子，飽餐了一頓糖果。

我說：「不，我親愛的，加尼諾也應該爲新娘新郎慶賀，因爲是他才促成了這門婚事。如果不讓他參加婚禮眞是憾事！」

十二月十日

新娘新郎萬歲！加尼諾萬歲！打倒麵條湯！

家裏終於和平了，一切都是我的功勞。

今天早上，正如我講過的，我警戒著。當家裏有響聲時，我悄悄地起床穿好衣服等待著。

沒有任何人想到我。

我聽見爸爸、媽媽、阿達和維琪妮婭下了樓，後來馬拉利律師來了。最後，我聽到了馬車的車鈴響了。所有的人都出了門。

這時，在房間裏做好準備的我，像箭一樣衝了出去，跑出家門，追著剛起動的馬車。

一下子，我就追上了馬車。我抓住車座後的橫檔，像馬路上調皮的孩子那樣坐在後面，心想：

「這下子，你們到哪兒去可瞞不過我了！……」

最有意思的是，我在車後可以聽得到他們的說話聲……

我聽見馬拉利說：

「請你們留心，不要讓能攪得天翻地覆的搗蛋鬼知道我們這次行動的……否則他將使半個地球都知道這件事。」

車走啊！走啊！走了很長的時間，最後終於停下了。大家都下了車。我等了一會兒後也下了車。

真讓人驚奇！

馬車停在一座鄉間的教堂前。爸爸、媽媽、維琪妮婭和馬拉利等都走進了教

堂。

「這座教堂叫什麼名字？」我問教堂外面的一個農民。

「叫聖・佛朗切斯科・阿・蒙台教堂。」

我也進了教堂，看見馬拉利和維琪妮婭面對祭台跪著，爸爸、媽媽、阿達跪在他們的後面。

我沿著教堂的牆匍匐到祭台附近，誰也沒有發現我。這樣，我就可以參加全部的婚禮儀式了。當牧師問維琪妮婭和馬拉利是否願意結婚時，他們回答說願意。這時，我突然從祭台後走了出來，說：

「我也願意。你們眞壞，爲什麼一點也不讓我知道。」

不知道爲什麼，我突然哭了起來，因爲他們這樣做使我很傷心。所有的人對我的突然出現都感到意外，但誰也沒做聲。

只有媽媽也抽泣起來，她擁抱著我，親著我，用顫抖的聲音問我：

「我的加尼諾，我的加尼諾，你是怎麼到這裏來的？」

爸爸嘴裏嘟噥著：

「又在搗蛋。」

維琪妮婭在儀式後也哭了，她擁抱我、親我。但馬拉利看上去卻很不高興，他拉著我的胳膊對我說：

「你要注意，回城後不要告訴別人你看到的這一切，好嗎？」

「爲什麼呢？」

「你不要多問，這不是孩子應該知道的。只要別多嘴多舌就行了。」

又是男孩子不應該知道！大人們認爲用這樣的理由就能讓一個男孩子滿意，這可能嗎！

算了。我感興趣的是，現在大家都對我好了。我們一起回家，在回家的路上，我與馬車夫坐在一起，而且幾乎一直都由我來掌鞭。此外，最值得一提的是，我可以不用再喝麵條湯了。

十二月十二日

對男孩子來說，姐姐出嫁是件非常美的事！

樓下的餐廳好像成了一個糕點鋪——擺著各式各樣的糕點。最好吃的是水果蛋糕；但包著奶油的奶油蛋捲也很好吃，儘管它的缺點是：當你咬這一頭時，奶油就從另一頭冒了出來。馬達萊納也很好吃，但要說到精製，還得算是馬林格……

吃起來我可不留情，我吃了九個馬林格，它們又鬆又脆，放到嘴裏一嚼就化了。

一小時後，新娘新郎、證婚人和來賓就要從市政府回來，那時才正式開始吃點心……

家裏只剩下阿達，她傷心地哭了。因爲她看到妹妹們都出嫁了，擔心自己的下場會像貝蒂娜姑媽一樣。

說到貝蒂娜姑媽，她沒有來，儘管爸爸熱情地邀請她來參加婚禮。她回答爸爸說不習慣坐車，說她衷心地祝維琪妮婭幸福。但是維琪妮婭說，有沒有來沒關係，只要吝嗇婆能送給她一件禮物就好了。

＊　＊　＊

我的日記，我又被關進房間裏了，也許上帝並不願老罰我喝麵條湯。

多倒楣啊！……我本來應該哭的，但卻笑了起來。因爲我想起了煙囪爆炸時馬拉利的面孔來了。他是那樣的滑稽，嚇得鬍子都在發抖。

災難是巨大的，即便我不承認是我造成的也沒用，因爲爸爸、媽媽早就對我絕望了，說我要毀了這個家……不過，這次災難只毀了一個房間，準確地說是毀了客廳。

以下是事情發生的經過——

加尼諾喜歡的糕點

當馬拉利、姐姐、爸爸、媽媽以及其他人從市政府回來後，大家感到很冷。有一個客人在進餐廳的時候說：

「房間這麼冷，我們將會凍死在這裏。就是吃點心也會凍僵的！」

這時，維琪妮婭和馬拉利律師馬上叫來了卡泰利娜，讓她把客廳裏的壁爐點著。

可憐的卡泰利娜就跑去點壁爐……

上帝，是炸彈！

看起來確實是個炸彈。壁爐裏彌漫著一陣灰煙，石灰屑濺得到處都是，使人感到房子要倒塌了。

卡泰利娜跌倒在地上，嚇得不省人事；正在旁邊看她點火的維琪妮婭大叫了一聲，就像上次在床底下發現假人一樣；馬拉利律師臉色慘白，鬍子不斷地顫抖，他在客廳裏亂竄，連聲叫著：

「我的媽呀，地震了！我的媽呀，地震了！」

許多客人都嚇得朝外跑。但爸爸卻馬上跑到壁爐旁，他不明白爲什麼壁爐的煙囪裏會響起爆炸聲，把客廳的半邊牆都快震塌了。

當爆裂聲快結束時，突然壁爐裏又響起了哨聲，所有的人都嚇呆了。

馬拉利說：「啊呀！壁爐裏有縱火犯，快去叫警察！快去叫警察把他抓起來！」

這一切我心裏很明白，但我很鎮靜地說：

「噢，這是我的發聲鞭炮！」

這時，我才想起來。爲了慶祝露伊莎的婚禮，我買了許多煙火，後來沒有放，我就把它們藏在了客

廳壁爐的煙囪裏。因爲那兒不會有人發現，爸爸更找不到。否則爸爸會把它們沒收的。

我的話使大家恍然大悟。

「好哇！」馬拉利律師獸性大發，「你居然成了我的小災星！我沒結婚時，你要弄瞎我的眼睛；我娶老婆時，你又想燒死我……」

爲了防止爸爸打我，媽媽抓住我的胳膊，把我帶回了我的房間裏。

幸運的是，當家裏開始吃點心時，我已經提前把我的那份解決了。

十二月十三日

由於我寫詩嘲笑「肌肉」老師，校長讓我停學。六天以後，媽媽陪我去學校。

「我陪你到學校去，因爲你爸爸發誓，如果他要陪你去的話，就要像踢皮球那樣，把你踢到學校的大門口。」媽媽說。

我一到學校，當然是先挨一頓訓斥。媽媽也在場，她嘆著氣，重複著家長在這種場合下說的那些話：

「您說得對……是的，他很壞……他應該感謝這麼一位好老師……」

「現在他答應改正錯誤……但願這次他能接受教訓！……看看吧……希望他能變好……」

在訓話的過程中，我開始一直低著頭說「是」。可是校長瞪著眼，咬著牙，像拉風箱一樣說個沒完沒了，我不耐煩了。

「你不感到羞恥！給一個勤勤懇懇爲你們上課的老師取外號！」

這時，我應該說些什麼話呢？我回答說：「可是大家還叫我搗蛋鬼加尼諾呢！」

「人家這麼叫你，是因爲你到處闖禍！」校長接著說。

他們一唱一和，意思是：孩子應該尊重大人，而大人卻沒有義務尊重孩子……

這就叫做講理！他們相信這樣能說服我們，並讓我們改正錯誤！……

學校裏一切都很順利，家裏也太平無事。媽媽總是想辦法讓我放學後見不到爸爸。正如我說的那樣，爸爸要打斷我的腿！

在我上樓梯的時候，我看見幾個泥水匠正在修客廳壁爐的煙囪。

十二月十四日

無論在學校還是在家裏，都沒有出什麼事。我還沒有見到爸爸，我衷心希望再見到他時，太平無事。

* * *

唉，我的日記，今天晚上我見到了爸爸，挨了他一頓揍！……因爲屁股上挨了許多下，疼得我不能坐著寫字！

多麼讓人沮喪啊！

我要寫下這次風暴降臨到我頭上的原因，確切地說是強加在我頭上的風暴。但是，現在我不能這樣做。我非常痛苦，不僅精神上痛苦，而且肉體上也痛苦，因爲這次不僅是屁股挨了打，而且人格也受到了侮辱。

十二月十五日

我今天上學了。但我先不說學校裏的事。

我站著寫字，我的屁股疼……

昨天挨了打是由於卡泰利娜亂搜我東西引起的。她總是管那些不該她管的事，要知道，事情最終總是輪到我倒楣，哪怕是隔了很久很久的一件小事。

昨天晚上，不知怎麼搞的，卡泰利娜在衣櫃裏找到一條褲子，是我秋天穿過的。她在我的褲袋裏發現一塊用手帕包著的砸碎了的錶。

對這件事，卡泰利娜應該怎麼辦呢？如果她受過教育的話，就應該把東西放回原處。可是，她不僅沒這樣做，反而馬上去告訴了媽媽和阿達。她們正在談論這件事時，爸爸回來了，詢問是怎麼一回事。

於是，他們都到了我這兒，要我解釋清楚。

我說；「沒什麼，這是一件不值得大驚小怪的事……而且也確實是件小事。」

「什麼！一隻金錶是小事？」

「是的，但它已經成廢物了。」

「它是被你砸碎的？」

「是的。我在和鄰居小孩玩時砸碎的。但這件事已經過去很久了。」

「住嘴！」爸爸突然說，「我馬上要知道這究竟是怎麼一回事。」

於是，我就講了許多日子以前，與弗洛‧瑪麗內拉一起變魔術的事：瑪麗內拉把奧爾卡夫人的錶拿出來，被我放在研缽中砸碎了，我用媽媽的錶還給了她。

我剛說完，一片指責和罵聲就衝著我來了。

「什麼！」媽媽火了，「噢！現在我才明白！現在我才弄清楚！奧爾卡夫人原來是由於疏忽，才沒發現錶不是自己的……」

「是啊！」阿達也大聲說，「我還以爲她是患了偷竊狂呢！唉，糟糕的是

我們使她的丈夫也相信了這回事，眞不像話！……」

媽媽接著說：「你——你這個搗蛋鬼，爲什麼一直也不吭聲呢？」

我正等著媽媽的這句話。

我回答說：「我原先是準備說的，但我記得清清楚楚，我剛開始說這與偷竊狂的病無關時，你們卻叫嚷著，讓我對這類事不要多嘴多舌，說我不懂得這件事的重要性等等。我是被迫才不說話的。」

「那麼，我們家的銀瓶是怎麼跑到奧爾卡夫人家去的？」

「這銀瓶也是我爲了好玩，拿到奧爾卡夫人家去的。」

這時，爸爸瞪著大眼走到我跟前，他嚇人地吼著：

「好哇！你就是這麼玩的！現在我讓你看看我是怎麼玩的！」

我圍著桌子轉，躲避著爸爸的打，並且申辯著：

「難道她們冤枉奧爾卡夫人患偷竊狂病也是我的罪過？」

「你這個惡作劇的小壞蛋，現在你就賠償這一切！」

「可是，爸爸，你想一想，」我哭著說，「你想一想，這事已經過去了……

……煙火還是我在露伊莎結婚時放到壁爐煙囪裏的……錶的事是十月份做的……我知道你要打我，但現在請你別打，因爲這些都是過去的事。爸爸，你不要老記著這些事……」

這時，爸爸把我抓住了，他狠狠地說：「相反地，我今天要讓你記住這每一件事！」

結果，我又在日記上寫下了許多……

這樣做對嗎？如果爸爸講的是對的話，那麼也就是說，我兩歲時做的事也得算帳囉！

十二月十六日

今天我非常滿意。

我們說好今天一放學，我就與媽媽、阿達到奧爾卡夫人那裏去坦白我的所謂錯誤，並請求她寬恕。

我們上她家去了。我非常狼狽地講起變魔術的事來，奧爾卡夫人好奇地聽著。

我講完後，她說：「你看看我的腦袋，這麼長的時間都不知道戴的是別人的金錶！」

接著，她馬上去房間裏把金錶拿來還給媽媽，並說：

「你看看我的腦袋！你看看！」

請看！這才叫做講道理！如果奧爾卡夫人當時就發現錶不是自己的話，那麼一切都會在那時說清楚的。

最精彩的還是，媽媽和阿達講她們是如何懷疑奧爾卡夫人患偷竊狂病的時候。她們慢慢地講著這件事，奧爾卡夫人聽得津津有味，好像這是在說別人而不是說她自己一樣。最後，她發出了一陣大笑，笑得安樂椅都前後晃動了。她說：

「啊！眞有意思！太有意思了！你們還讓我吃藥來治病？這件事太精彩了，都可以寫一本小說……而你，頑皮鬼，你拿我開玩笑，是嗎？你覺得有意思嗎？……」

她捧住我的腦袋，吻了我一下。

多麼善良的奧爾卡夫人！一看就知道她是個正直熱情的人，絲毫也不像我媽媽、姐姐那樣！

媽媽和阿達顯然很窘，因爲一切與她們預料的相反。誰知道她們是怎麼想的？當我們回家時，我覺得眞應該對她們講：

「你們應該向奧爾卡夫人學習學習，看看人家是怎麼對待男孩子的……」

我揉著被打的地方。

十二月十七日

我應該講一下在學校裏爲維琪妮婭的事與切基諾・貝魯喬吵架的經過。

貝魯喬問我：「你姐姐和那個煽動家馬拉利律師結婚了，是嗎？」

「是的。」我回答說，「但馬拉利不是像你講的那樣，他是一個正直的人，很快就要當議員了。」

「議員？吹牛！」貝魯喬捂著嘴笑。

我開始生氣了。

「有什麼好笑的！」我向他揮了揮拳頭。

「你不知道，當議員要花很多錢的。」他說，「你知道什麼樣的人能當議員嗎？我叔叔加斯貝

切基諾・貝魯喬

羅是個評論家而馬拉利不是，他當過市長而馬拉利沒有，他有許多顯赫的朋友而馬拉利沒有，他有汽車而馬拉利沒有……」

我說：「這跟有沒有汽車有什麼關係？」

「有關係。因爲我叔叔加斯貝羅可以乘車去各地，還可以上山去講演，而馬拉利如果要去的話，只好走著去……」

「到農村去？我對你說，我的姐夫是工人和農民的領袖，即便你叔叔乘汽車到農村去，在那裏也將挨一頓棍子！」

「去你的！吹牛！」

「沒什麼可吹的，全是實話……」

「去你的！」

「請你不要再這樣！」我警告他。

「去你的！去你的！」

「放學時，我會讓你『去你的』！」

他不做聲了。正如大家都知道的，加尼諾·斯托帕尼可不是好惹的。

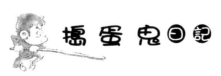

放學時，我在校門口把他追上了，我對他說：

「現在我該與你算帳了！」

但他加快了步伐，一出校門就鑽進了他叔叔的汽車裏。汽車鳴著喇叭，拐了一個彎就跑了。同學們都羨慕地望著開走了的汽車……

沒關係，明天再教訓他。

十二月二十三日

將近一個星期沒寫日記了。

眞倒楣！鎖骨錯位了。胳膊上了石膏怎麼能寫字呢？

今天，醫生終於爲我拆了石膏，所以我才能在日記上寫下我的想法、我一生中的遭遇，以及那些駭人聽聞的冒險經歷。

事情發生在十二月十八日，這是值得記念的一天。因爲這一天遇到了奇蹟，但並不意味著我末日的來臨。

那天早上在教室裏，當切基諾・貝魯喬在我附近的位子上剛一坐下，我就嘲笑他是膽小鬼，害怕挨揍而坐汽車逃跑了。

他向我解釋說，這幾天爺爺病了，家裏人都到那不勒斯去照顧爺爺了。貝魯喬指的家裏人，大概是他的爸爸和媽媽。他還說，因爲他叔叔每天都派司機開車來接他，所以他沒有時間和我單獨在一起，至少有一段時間是這

樣。

他做了解釋後我才消了氣。接著，我們談起了汽車。我對汽車非常感興趣。貝魯喬說他對汽車很瞭解，還會開汽車，而且不止一次地開過。他說，只要會轉動方向盤，注意別翻車，就連孩子也能開。

我確實不太相信他的話，因爲把汽車交給像切基諾．貝魯喬這樣的孩子，誰也不會放心的。他見我不信他的話，就要與我打賭。

他說：「你聽著，今天司機要把車停在義大利銀行門口，去辦一件加斯貝羅叔叔交給他辦的急事，我將留在車上。你想辦法在放學前離開學校，到銀行大樓門口找我。等司機進銀行後，你就上車來，我帶你在廣場上兜一個圈，這樣你就可以看到我是眞會開車呢，還是說謊。怎麼樣？」

「好！」

我們賭了十個新的鋼筆尖和一支紅藍鉛筆。

按計劃，在放學前半小時，我開始捂著肚子。「肌肉」老師看見後說：

「大家不許動！加尼諾，你爲什麼像條蛇一樣地扭來扭去？什麼事？大家不許說話！」

我回答說：「我身體不舒服，堅持不下去了。」

「好吧，那就回家去……放學時間也快到了。」

我按照與貝魯喬約好的那樣，跑到義大利銀行門口等著他。

一會兒，貝魯喬坐著汽車來了。當司機下車走進銀行後，貝魯喬向我打了一個手勢，我便上了車坐到他旁邊。

「現在我要讓你看看我會不會開車！」他對我說，「你準備按喇叭……」

接著，他躬著身子又說：「看到了吧，要讓車開起來，只要旋轉這個……

……」

他轉動著方向盤。

汽車的發動機響了，車很快就跑了起來。

這時，我覺得非常好玩。在車行駛時，我不斷地按喇叭，好笑的是，我看見人們都東躲西閃，恐懼地看著我們。

但是，忽然我明白了：貝魯喬根本不會開車，既不會減速也不會停車。

他對我說：「快按喇叭，按喇叭！」好像喇叭能影響發動機似的。

我們出了城，汽車像一顆被踢出去的皮球，以飛快的速度朝農村開去，速度快得使我連氣都不敢喘。

這時，我看到貝魯喬的手突然放開了方向盤，他倒在椅子上，臉色慘白。

我的上帝，當時的情景多危險啊！

就是現在回想起來，我感到髮根都要豎起來了。

幸好路很寬也很直。我看到我們周圍的房子、樹都在快速地往後退，像是在做夢一樣。這種情景我至今仍記得很清楚，我可以在這裏畫上那一剎那的情景。

我記得清清楚楚，當我們的車像箭似的從一頭牛旁經過時，一個農民大叫了一聲，聲音大得差不多蓋過了汽車的馬達聲，他在嚷：

「你們要摔斷頭頭骨的！……」

詛咒很快就靈驗了！雖然我的頭頭骨沒摔斷，卻摔斷了其他的骨頭。我回憶起當時的情景：大地突然豎了起來，像一個巨大的白色魔鬼迎面撲來……後來我就什麼也不知道了。

事後別人告訴我，汽車在路的一個拐彎處撞了一間房子。

當時的衝擊力猛到這種地步，以至於我和貝魯喬都飛到三十公尺遠的地方。在這場不幸中，我幸運地落在了一片叢林裏，這片叢林像彈簧一樣減輕了我摔下去的力量，我才沒有被摔死，要不然命早就沒了。

據說，翻車半小時後，貝魯喬叔叔的司機發現我們把車開走了，就找了輛計程車趕來了。他把我們送進了醫院。在醫院裏，貝魯喬的右腿上了石膏，我的左手也上了石膏。

我不能動彈，他們用擔架把我抬回了家。

當然，這場車禍是十分危險的，爸爸、媽媽和阿達對此表示非常遺憾，但同時也鬆了一口氣。他們向到我家的人們談起那令人毛骨悚然的車速時，不斷重複著下面的話：

「這眞是一場與死亡的賽跑，就像巴黎的賽跑一樣！」

除了上面所說的之外，我感到滿意的是，我贏了撒謊者切基諾·貝魯喬十個新的鋼筆尖和一支紅藍鉛筆。假如他不想因罵我姐夫而挨頓揍的話，等我病好後，他必須給我。

十二月二十四日

醫生說，我的胳膊肯定能恢復到和以前一樣，但現在卻不能動它。

爸爸寫信把我的病告訴了露伊莎，她回信建議把我送到她那兒去。柯拉爾托醫生說，他有個社會黨的朋友能爲我做電療和按摩。這樣我將在他們那兒過耶誕節，等胳膊完全好了之後再回家。

我高興得叫了起來，如果我能舉起雙手的話，我將會拍手鼓掌。

「妳敢把他放出家門？」爸爸說。

「我老是擔心他闖禍。」媽媽接著說。

阿達總結說：「柯拉爾托眞是個好人，他結婚時你把他嚇成那樣，可是他還邀請你去他家……」

我對他們這樣的表態感到非常灰心喪氣。媽媽心軟了，她馬上幫我說了幾句好話：

「誰叫你闖了那麼多禍？如果你答應學好，尊敬柯拉爾托醫生的話……」

「好！我保證！」我很衝動，馬上回答說。我在作保證時總是這麼衝動和熱情的。

於是，在經過一番討論後，決定在耶誕節的第二天由爸爸陪我去羅馬。

＊　＊　＊

我感到幸福，我慶幸摔斷了胳膊。

我早就夢想去羅馬，我焦急地想看到國王、教皇、瑞士人（教皇的衛兵是瑞士人）和所有的羅馬古蹟。

還有，最使人心癢癢的是能做電療，只要一想到做電療時身上要塞上電池，我的心就不能平靜。

首都羅馬萬歲！

這時，我知道切基諾·貝魯喬的情況不妙。他的腿不能恢復到原來的樣子了！

可憐的貝魯喬！當一個人吹噓自己能做某件事，而實際上卻一點都不知道怎麼做，將會造成什麼樣的後果眞是難以想像！

我對這件事很遺憾。因爲，儘管貝魯喬有不少缺點，但他是個好孩子。

十二月二十五日

在一年的所有月份中，我最喜歡十二月，因爲十二月有耶誕節。

在過耶誕節時，卡泰利娜總是做兩種好吃的布丁，一種是大米的，另一種是麥粉的。因爲媽媽喜歡吃麥粉的，對大米的布丁卻不能忍受；而爸爸特別喜歡吃大米的，對麥粉討厭得就像討厭眼前的煙一樣；我卻兩樣都喜歡吃。

醫生曾說，在甜食中，布丁是最衛生的，所以，我想吃多少就吃多少，沒有人管我。

十二月二十六日

再過兩個小時我們就要去羅馬了。

最新鮮的是爸爸不陪我去了，而把我託付給克勞多凡奧・蒂利納基先生。他是爸爸的好朋友，正好要去羅馬辦事。他將把我交給柯拉爾托醫生，用他的話說：「我要親手交給他。」

克勞多凡奧先生，多滑稽啊！

首先，他喜歡用外國字母（義大利文中沒有Y這個字母）。本來他的名字叫TIRINNANZI（蒂利納基），可是他把I都改成了英文字母Y，結果成了TYRYNNANZY。

他說，在商業上，他是英國主要的墨水工廠的代表，三個Y爲他帶來了好處。

其次，他是一個矮胖子，肥頭大耳，長著紅色的捲髮，小鼻子紅得要

命，像長在臉中間的一個小番茄，還老流著鼻涕。

爸爸說：「一路上對加尼諾要小心，你可算有了個好差使，他是個什麼事都幹得出來的孩子。」

克勞多凡奧先生回答說：「嗨！像我的墨水市場一樣，我很坦然。要是他不學好，我就用墨水塗他的臉，把他送到殖民地印度（印度在獨立前是英國的殖民地）去。」

「哄不了我的！」我暗自說著，接著就上樓去與卡泰利娜一起整理衣箱了。我的胳膊壞了，一個人做不了。

我把在羅馬要用的東西都收進了衣箱：顏料、橡皮球、槍。現在我把你——親愛的日記也放進箱子裏，因爲你上面記載著我全部的經歷。

我的日記，到羅馬再見了！

十二月二十七日

親愛的日記，我一到羅馬就把你取了出來，因爲我要告訴你一路上發生的事情，事情不算多，但也不少。

昨天，火車出發以後，克勞多凡奧整理好他的東西，對我說：

「不錯！就我們兩個，希望一直到羅馬，車廂裏都是這樣。你看！我的孩子，這是我裝樣品的箱子……你看，多少大瓶小瓶的墨水，夠你寫一輩子的！……這是自來水筆墨水，這是部長用的墨水，他們用的墨水都是我供應的……靠這些墨水我們賺了不少錢，你知道嗎？我必須對所有化學品的價格和質量瞭若指掌……做生意需要頭腦靈活。」

開始，看到各種各樣的墨水，我覺得很好玩。後來，克勞多凡奧先生睏了，他對我說：

「現在，你要看著窗外，注意列車停的主要車站，我要給你講解這些城市

的重要性，讓你更好地瞭解地理。我經商很有經驗，這比所有的書本都更有用處。」

不久，第一個車站到了，克勞多凡奧先生就給我上了一課。他講課比「肌肉」老師差得多，我強打著精神聽他講，不久還是睡著了。

當我醒來時，看見克勞多凡奧先生靠著椅子也睡著了。他打呼的聲音就像一把低音琴在演奏。

我把腦袋伸出窗外看著田野，後來看倦了，又不知道該做點什麼好⋯⋯我先打開自己的箱子，重新看了一遍我的玩具。這些玩具我都玩膩了，對它們的每一個零件都一清二楚。但玩具也不能驅散我的煩悶⋯⋯

於是，我打開了克勞多凡奧先生的樣品箱，看著貼有各式各樣標籤的墨水瓶，覺得很有意思。

這時，列車停下了。我看到另一列車和我們的車並排停著，許多旅客都把腦袋伸出窗外。那列車離我們很近，近到當我把腦袋伸出窗外時都能碰到他們的臉。

我想，和他們開個玩笑吧！

這時，我的目光停到了橡皮球上。它正放在我仍然打開著的箱子裏，我暗暗想：

「能不能用它來做點什麼呢？」

我從衣袋裏掏出小刀，在球上挖了一個窟窿，接著又從克勞多凡奧的箱子裏取了三瓶墨水，走到盥洗室裏，打開瓶蓋，把墨水倒在盆中並摻上了水，最後把球浸入水中……

當我回到車廂時，對面的列車開動了，有的旅客的腦袋還是伸在窗外……

我只是把手伸出窗外，雙手慢慢地壓著皮球，把小窟窿對準對方……

嗨，多有意思！多好玩！

我從未像那個時候笑得那麼厲害。開始，旅客們的表情是非常驚訝，可是馬上就大怒起來，伸出了拳頭，只是這時列車慢慢開走了。

我記得很清楚，墨水射到了一個人的眼睛上，那個人變得像瘋子一樣，

他朝我吼著：

「別讓我碰見，我可認識你……」不過，最好是永遠別再見面！

這時，克勞多凡奧先生像一隻冬眠的老鼠一樣繼續在睡覺，所以，我有時間把他的箱子整理好，免得他發現有人動過他的東西。

* * *

要不是我又起了一個比先前更荒唐的念頭，弄得後果非常嚴重的話，那麼整個旅途都會很順利，他也不會埋怨我。

我已經看厭了總是躺在沙發椅上睡覺的克勞多凡奧先生，也聽厭了他的呼聲。就在我感到無聊的時候，突然倒楣地看到車廂的天花板上，有一隻扳手從警報器箱子上懸下來。

應該說，這小玩藝兒我已經看到過很多次，但我始終懷

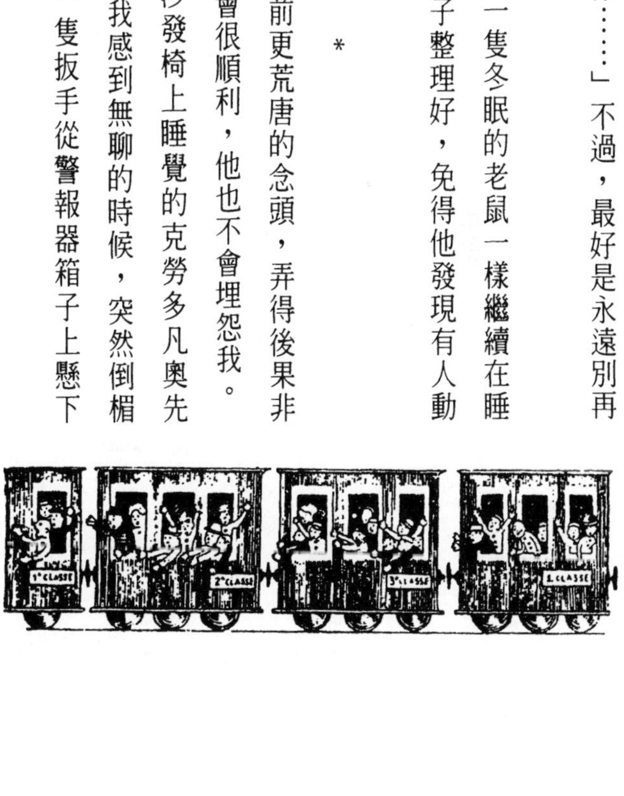

著一個很大的願望，就是想拉一下警報器，看看拉了以後會發生什麼情況。

這一次我可耐不住性子了。我爬上沙發椅，把手伸向警報器的扳手，用我最大的勁向下拉了一下。列車幾乎在我拉的同時停了下來。

接著，我借助那隻受傷的手，爬上了放行李的網架，蜷縮在上面。我倒要看看將發生什麼事情？

車廂兩邊的門馬上就被打開了。五、六個鐵路職工走進來，站到還在睡夢中的克勞多凡奧先生面前。一個職工推了推他，說：「噢！可能是他有什麼意外的事吧！」

蒂利納基先生睜開眼睛，嚇了一跳：「你們要幹什麼？」

這時，職工問他：「是你拉的警報嗎？」

「我？沒有呀！」

「但是，是這節車廂裏的警報器響了！」

「啊！是加尼諾！……這孩子！……孩子到哪兒去了？……」克勞多凡奧先生突然像丟了魂似的叫了起來。「啊！說不定出了什麼意外的事了！我的上帝，是一個朋友託我照料他的……」

他們到盥洗室去找，在椅子下面找，但都沒有找到我。

一個職工突然發現我蜷縮在兩件行李當中，他叫道：「看！在上面！」

「眞倒楣！」克勞多凡奧先生說，「你拉了警報器？……爲什麼要拉？……」

「唉喲！」我哭喪著臉，因爲我知道事情壞了，「我的胳膊疼得不得了……」

「哼！既然你胳膊疼，還爬到上面去幹什麼？」

說著，兩個職工托住我，把我抬了下來。其他的職工跑去通知列車繼續行駛。

「您知道，要罰款的！」留在車廂裏的職工說。

「我明白，應該這孩子的爸爸付款！」克勞多凡奧先生一面說著，一面盯住我。好像要把我吃掉一樣。

「但是，現在你應該付款！」

「可是我在睡覺！」

「是的。不過，從他爸爸把孩子託付給你起，你就要管住他……」

「當然！」我高興地叫了起來，對職工的意見表示同意，「責任在克勞多凡奧先生……他一路上都只顧著睡覺！」

蒂利納基先生做了個像要掐死我的動作，但是沒說話。

職工寫了罰款通知書，克勞多凡奧先生被迫付了款。

車廂裏又剩下我們二人了。克勞多凡奧先生不客氣地說了我一陣子。更糟糕的是他從盥洗室回來時，打開樣品箱檢查了一遍東西，發現少了幾瓶墨水。

他發作起來：「你這個壞蛋，用我的墨水幹什麼了？」

我渾身顫抖著，說：

「我給爸爸媽媽寫了封信。」

「什麼？一封信？……可是我這兒少了三瓶墨水……」

「我寫了三封信……現在記不清了……」

「你比蒂布基（傳說中的強盜）還壞！……有你這麼個壞蛋，你家裏怎麼受得了？……」

就這樣，他罵了我一路，一直罵到羅馬。

眞是的，受了朋友之託，他就這麼對待一個孩子！

爲了少找麻煩，我也不吭聲。他把我交給了我的姐夫，並對他說：

「給你了，毫髮無損地把他交給你了……我要說句『恭維話』，寧可少活十年，也不帶這孩子幾天。可憐的先生……上帝給了你這個好差使……難怪人家都叫他搗蛋鬼！」

這時，我忍不住回敬他說：「謝謝上帝，跟誰在一塊也比與你在一起強。至於搗蛋鬼，也比你名字中三個可笑的Y要強得多！」

柯拉爾托醫生示意我不要再說了，我的姐姐便把我帶到了另外一間房裏。我聽見克勞多凡奧先生舒了口氣說：

「現在好了！」

十二月二十八日

由於昨天晚上爬行李網架時用力過度，我的胳膊比來時還壞。今天，柯拉爾托醫生把我帶到他朋友那兒去做電療。他的朋友叫貝羅西教授，他見到我後說：

「電療需要十天左右的時間，或許還要更長一些時間……」

「太好了！」我回答說。

「你爲什麼喜歡胳膊慢些好呢？」

教授驚訝地問。

「不是的，我想在羅馬多住些時候。此外，我也很高興嘗試一下這裏所

有的設備。」

貝魯西教授馬上就開始替我做電療。他用一架非常複雜的機器給我上了電。這時，我的胳膊上好像有無數隻螞蟻在爬，癢得我想笑又笑不出來。

我說：「這機器能使人發癢，應該讓蒂利納基先生也做做電療。拉警報的事過後，他變得那麼的嚴厲。」

「你不覺得臉紅！」柯拉爾托醫生對著我說，可是他自己也笑了起來。

* * *

我的姐姐露伊莎反覆告誡我要乖一點，不要惹事，特別是待在她家裏的這些日子。她這樣要求我，首先是因爲瑪蒂苔夫人與他們住在一起。瑪蒂苔夫人是她的大姑，也就是柯拉爾托的姐姐，孤身一人。她的東西都理得整整齊齊的，有點過於細心。其次是因爲柯拉爾托醫生。正如他家門口掛的牌子上寫的，他是耳鼻喉科的專家。他整天都要替別人看病，因此需要安靜。

姐姐對我說：「你可以多出去走走，讓馬泰洛騎士帶你去。他對羅馬瞭若指掌。」

十二月二十九日

昨天，馬泰洛騎士帶我在羅馬兜了一圈。他是柯拉爾托的朋友，知識淵博，知道羅馬所有古蹟的由來。他帶我去看了競技場。這是一個古老的圓形劇場。過去在這裏，曾經有過奴隸與兇殘的野獸搏鬥，貴婦人們則坐在看臺上，興致勃勃地看野獸吃天主教徒的情景。

羅馬對於一個熱愛歷史的人來說是多麼好的地方啊！羅馬還有一個名叫阿拉尼奧的咖啡館，那裏的點心眞多，昨天晚上姐姐帶我去吃了一次。

今天上午，我們要去看彈簧（義大利語的譯音爲莫列）橋。

* * *

我剛從彈簧橋回來。這座橋上次與姐姐坐電車時經過一次。當時，我問姐姐爲什麼叫彈簧橋，她不知道。我轉身問另一個人，他說：

「叫它彈簧橋，是因爲台伯河（流經羅馬市區的一條大河）不像其他河那樣，一到夏天馬上就乾涸，而是像彈簧一樣，時而水大，時而水小。」

當我把這種解釋說給馬泰洛騎士聽時，他捧腹大笑了一陣後，變得很嚴肅。他說：

「這座橋古代叫莫微烏斯，也叫姆微烏斯或米微烏斯，現在的名字也許是把古文莫微烏斯後面的字母給貪污了。這座橋的名字可能是取名於橋對面的山丘，雖然有許多人反對把橋叫做米爾微斯。因爲，據說這座橋的建造者名叫埃米利奧．斯卡烏羅。但另外一些人反對這種說法，認爲這座橋在斯卡烏羅以前一個世紀就有了。有件事是確切的——就是菲托．利微奧宣稱的——當時羅馬人迎接帶回戰勝阿斯布魯巴列人的消息的使者時，經過的正是這座橋……」

馬泰洛騎士懂得非常多，當然很少有人像他那樣誇口說瞭解羅馬。但說句實話，對我來說，我倒是更相信車上那個人的解釋，而不是馬泰洛騎士說的什麼米微烏斯、莫微烏斯和姆微烏斯。

十二月三十日

今天，當我們在吃午飯時，傭人進來對柯拉爾托說：

「醫生，斯泰爾基侯爵夫人希望與你談談，她說前天已經跟你說過了……」

胃口很好的柯拉爾托正吃得開心，他說：

「偏在這個時候來！……你告訴她，請她等一等……現在你到藥劑師那兒去，讓他照這張方子配藥。」

傭人走後，他說：

「這個老太婆說起話來像高音笛子一樣帶著鼻音，她認爲我能治好她的病。不過，她是個好主顧，很有錢，對她要好些……」

聽了這些話，我自然就起了一個念頭，想見見這位夫人。我推說吃完飯了，便離開餐桌跑到候診室。我看到了一個樣子很好笑的夫人。她肩上搭著一條漂亮的皮披肩，見到我就對我說：「喂，小孩子……你幹什麼？」

當時，我不能抑制自己想幹什麼就幹什麼的企圖，用鼻音回答她：

「我挺好，您呢？」

她聽到我講話時帶著鼻音，感到很驚訝。她看著我，發現我鼻音很重，就對我說：

「哦！大概你也患了和我一樣的病吧？」

我用更重的鼻音回答她：「是的，夫人！」

侯爵夫人接著說：「你大概也是找柯拉爾托醫生看病的吧！」

我又回答：「是的，夫人。」

斯泰爾基侯爵夫人

於是，她擁抱我、親我，對我說：「柯拉爾托醫生很棒，他是一名耳鼻喉科專家。你將會看到，我們的病會一塊被治好……」

這時，柯拉爾托醫生進來了。他聽見我用這種聲音和她講話，急得臉像紙一樣白。他肯定想要說我什麼，但侯爵夫人沒等他開口就馬上說：

「這是我不幸的同伴，是嗎？醫生，他對我說他患了和我一樣的病，是到你這兒來治療的。」

柯拉爾托很嚴厲地瞪了我一眼。為了不破壞氣氛，他很快地回答：

「嗯，是的，是的，我看一定是的！侯爵夫人，這瓶藥水，早晚兩次，用時稍微倒一點，倒在一小盆熱開水中……」

我從候診室出來，跑到姐姐那兒。一會兒，柯拉爾托追了來，他氣得聲音發抖：

「請你注意，加尼諾！如果你下次再到候診室和病人說話，我會勒死你！知道嗎？我會勒死你！說客氣一點……你給我記住！」

這些人多有意思啊！特別是耳鼻喉專家！為了害怕丟掉顧客，要勒死家

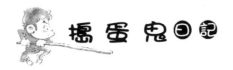

裏的人，甚至是一個無辜的孩子！

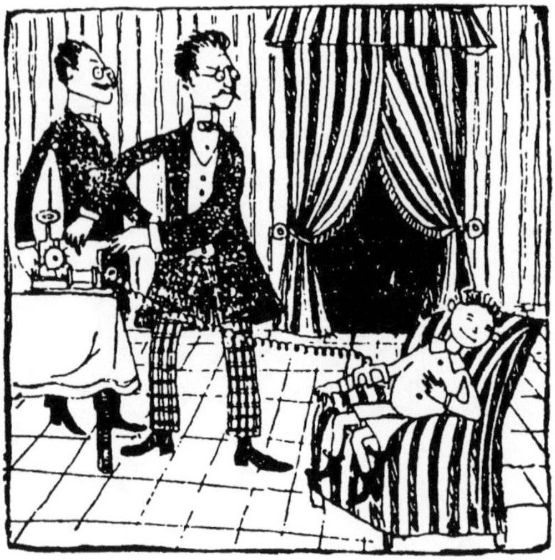

十二月三十一日

馬泰洛騎士眞讓人討厭！

今天他帶我逛羅馬，我很高興，但他滔滔不絕的講解卻使我受不了。

例如，在塞蒂米奧．塞凡羅門前，他開始了講解：

「這座有名的凱旋門」，是西元二〇五年，羅馬長老院爲紀念塞蒂米奧．塞凡羅和他的兒子卡拉卡萊和吉塔建造的。這座凱旋門有兩面，一面寫著碑文，碑文寫著征服

帕地人、阿拉伯人和阿迪亞貝尼人……」

唉！講到最後，這座凱旋門已經把我的胃都塞滿了，我的嘴必須張得比羅馬所有的凱旋門加到一起還要大……

* * *

瑪蒂苔夫人——也就是柯拉爾托的姐姐——是個非常壞、非常討厭的女人，她在家裏只向貓和金絲雀嘆氣和說話。不過，她倒很願意和我在一起。今天她還說我實際上是個好孩子。

她總是打聽我姐姐未出嫁前的情況：說過哪些話，做過什麼事情？我告訴她，我在姐姐房間裏找到那些照片的事；講到我和她開玩笑，把照片送還了送我姐姐照片的人的事；我還講到我在盥洗室的小盒子裏找到一盒紅胭脂，我塗了雙頰，她看到後，惱火地給了我一巴掌，原因是她的女朋友比切·羅西在場。姐姐說羅西是個快嘴婆娘，說她肯定要對別人說起這件事……

要想知道瑪蒂苔夫人對我講的這些事多感興趣，只要提一提她最後送了

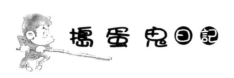

我一塊巧克力和兩塊檸檬糖就夠了。應該說，她對我算好的，因爲據露伊莎說，她貪吃甜食勝過十個男孩子，而且都是自己一個人吃，從不分給別人。

她把所有的甜食都鎖在櫃子裏。要是我哪一天能打開這個盛有各式各樣點心和甜食的櫃子的話，那麼這些甜食和點心就要與她再見了！

現在，親愛的日記，我要把你放下了，因爲明天是新年，我要寫一封信給爸爸、媽媽，要他們原諒我不在他們身邊，並且保證在新的一年裏聽話、學好和認眞學習。

國家圖書館出版品預行編目資料

搗蛋鬼日記／（義）萬巴著；思閔翻譯. -- 初版. --
- 新北市：華夏出版有限公司, 2023.05
冊；　公分. --（人格教養；012-013）
ISBN 978-626-7296-16-5（上冊；平裝）. --
ISBN 978-626-7296-17-2（下冊；平裝）

877.596　　112003571

人格教養 012
搗蛋鬼日記（上）

著　作　（義）萬巴
翻　譯　思閔
印　刷　百通科技股份有限公司
電話：02-86926066　傳真：02-86926016
出 版 者　華夏出版有限公司
220 新北市板橋區縣民大道 3 段 93 巷 30 弄 25 號 1 樓
電話：02-32343788　傳真：02-22234544
E-mail：pftwsdom@ms7.hinet.net
總 經 銷　貿騰發賣股份有限公司
新北市 235 中和區立德街 136 號 6 樓
電話：02-82275988　傳真：02-82275989
網址：www.namode.com
版　次　2023 年 5 月初版一刷
特　價　新台幣 320 元（缺頁或破損的書，請寄回更換）

ISBN-13：978-626-7296-16-5